Frédéric Vitoux
de l'Académie française

Jours inquiets dans l'île Saint-Louis

roman

Fayard

Couverture : graphisme Cheeri
Photographies : collection particulière
(Nicole Chardaire)

ISBN : 978-2-213-66663-1

Pour Nicole

Si j'étais né sur une île déserte
et si j'y avais passé ma vie,
je n'aurais même pas soupçonné
l'existence de la mort.

Ivan Bounine

MARDI 28 SEPTEMBRE 2010

Le sang n'existe pas.

Le sang est un mot, une abstraction. Le sang, c'est ce qu'on ne voit pas. Ce qu'on devine parfois : cette rougeur sur les joues, comme le point d'ombre dont on parle en broderie, les fils tirés de l'autre côté de la trame et qui suggèrent une couleur, le soupçon d'une couleur sous la transparence de la toile.

Le sang est un éternel soupçon.

Lorsqu'il s'échappe du corps, une écorchure, un crime, il ne ressemble plus à rien parce qu'il ne sert plus à rien. Il dégoûte, il effraie précisément parce qu'il ne devrait pas être là. Le sang devient le signe d'une inconvenance ou d'une obscénité. Il ne circule plus dans les veines. Il s'offre comme un spectacle. Le sang se met à ressembler à du sang, à l'idée que l'on se fait du sang, tout comme du ketchup, de la peinture rouge ou un liquide spécial pour film d'horreur ressemblent eux aussi à du sang. C'est sans doute pour cela que les blessés, les accidentés de la route, les victimes d'une bagarre ont toujours l'air d'être des figurants, comme les soldats sur les champs de bataille des studios de cinéma. Très vite, le sang versé ne ressemble même plus à du sang, à du ketchup ou à un liquide spécial pour film d'horreur, il brunit, il s'encroûte : une tache de rouille sur les vêtements, les draps, le bitume, et puis plus rien.

Charles n'aurait jamais prêté attention à cette tache-là, sur le trottoir, en face de l'église Saint-Louis-en-l'Île où le sang n'est pas pour les chrétiens un soupçon, mais, par le mystère de la Transsubstantiation, une rayonnante certitude, s'il n'y avait eu cinq ou six personnes groupées autour d'elle, qui discutaient à vive voix.

À vrai dire, cette tache, il ne la vit même pas tout d'abord, il ne prêta aucune attention non plus aux badauds qu'il contourna pour pénétrer dans la boulangerie Martin et demander à Carole, la jeune serveuse qui lui faisait penser à la comédienne Louise Brooks, avec ses joues si rondes et sa frange de cheveux noirs jusqu'aux sourcils, une gougère et une part de clafoutis aux cerises. Mais la cliente que Carole venait de servir continuait de parler et il patienta, sensible à la seule tonalité de ses propos – une musique saccadée, inquiète, entrecoupée de soupirs (ah ! ce joli mot de soupir dans le vocabulaire du solfège)...

À qui s'adressait la cliente ? À Carole ? À lui, maintenant ? Elle soliloquait comme si elle ne tenait au fond qu'un seul discours dans la journée pour des auditeurs successifs.

« Vous ne croyez pas que tout ça, c'est un peu à cause de Paris Plages ?

– Tout ça ? répéta Carole avec perplexité, sans vouloir paraître discourtoise, alors que les installations de Paris Plages avaient été démontées depuis plus d'un mois.

– Ces gens qui débarquent, qui traînent, qui rôdent, qui n'ont rien à faire dans l'île et qui arrivent d'où, dites-moi un peu ? La suite est facile à prévoir. Ils prennent goût au quartier. Il ne faut pas chercher plus loin, je vous le répète, tout est là ! »

À ses yeux, les flâneurs de Paris Plages n'étaient que des envahisseurs qui, l'été, avaient trouvé leur terre promise sur les berge de la Seine, au cœur de Paris, qui faisaient du roller ou du skate-board, tournaient autour des guinguettes ou des chaises longues, s'attardaient auprès des joueurs de tam-tam et tuaient le temps, tels des barbares venus de contrées hyperboréennes ou des banlieues nord, c'était la même chose, avant de revenir sur leur terre de conquête et de tuer tout court.

« Et vous irez vous étonner, après... »

D'un geste accablé elle désigna les cinq ou six personnes qui, dehors, s'attroupaient autour... autour de quoi ?

Charles sortit de la boulangerie, il ne s'arrêta pas, il ne jeta qu'un regard furtif au groupe. L'événement, pour les nouveaux venus, ce n'était pas ce qu'il y avait à voir, cette vague tache brune presque invisible, non, il n'y avait rien à voir en vérité, il ne se passait rien, l'événement c'était eux, leur façon de convoquer un fait divers qui avait déjà eu lieu, c'était leur imagination.

Charles avait toujours été amusé par cette curiosité des gens qui s'assemblent ainsi sur les lieux d'un crime, d'un accident, d'une arrestation, pour regretter en somme de ne pas avoir été le témoin de ce qui s'y était déroulé auparavant. On n'assiste pas au drame, on se contente du décor, on l'examine avec d'autres yeux et par conséquent on se persuade que soi-même, ma foi, on est encore indemne, dans ce même décor, qu'on est des rescapés, qu'on l'a échappé belle. On fait bloc pour apprécier la banalité de sa vie, la surface lisse et répétitive de sa propre vie. On bavarde pour ne rien se dire. On regarde ce qu'on ne comprend pas, le frisson de l'inconnu, ce qui se passe avant, après, hors de sa vie, hors sa présence, pour mieux s'emmitoufler dans ses habitudes – et la vie reprend ses droits.

Encore une expression stupide, pensa Charles. La vie reprend ses droits ! Quels droits ? La vie n'a aucun droit. Elle zigzague, elle s'affole, elle se brise. La vie ne répond à aucune exigence, elle n'est pas programmée pour être paisible, douillette, rectiligne. Peut-être qu'elle n'a aucun sens ou peut-être qu'elle a un sens, au contraire, il aurait voulu s'en convaincre, mais ce sens, de toute façon, n'était pas un droit, c'était un devoir, un espoir ou une prière, ce qui est bien différent.

Charles s'éloigna, prit la rue des Deux-Ponts vers le pont Marie. Il saurait tôt ou tard ce qui s'était passé près de la boulangerie Martin, en face de l'église. On le lui dirait. Il n'était pas pressé. Il laissa sans regret les badauds rassemblés pour ne rien voir, pour parler, pour frissonner ou pour être heureux, pour s'assurer que la vie, leur vie, reprenait ses droits et qu'elle ne cesserait jamais de les prendre, pour eux, parce qu'ils étaient des hommes droits, qui voulaient bien contempler le désordre ou les traces effacées du désordre, mais depuis la place qui leur revenait, qui leur était due.

Charles tourna à gauche et prit le quai de Bourbon, il dépassa l'agence immobilière et le restaurant où il avait eu si longtemps ses habitudes et qui était devenu, depuis deux ou trois ans, la salle de vente et d'exposition d'un commissaire-priseur.

Il habitait un peu plus loin, une dizaine de mètres avant l'immeuble et le bureau de relations publiques, en rez-de-chaussée, de son amie Jeannine Coureau à qui il faisait toujours signe quand il passait devant sa fenêtre.

Mme Pereira qui attendait, debout contre la porte vitrée de sa loge, le vit pousser la porte cochère, passer devant elle et la saluer. Elle lui rendit son salut. Il ouvrit la porte vitrée donnant accès au grand escalier de l'immeuble, sur la droite, juste avant la cour – cet escalier à la rampe en fer forgé, aux marches si larges, si douces, en pierre blanche, qui datait du XVIIe siècle et demeurait la partie la plus noble, la plus historique de l'immeuble, car les appartements, les planchers, les plafonds, l'agencement des pièces, la cour même, les anciennes remises à chevaux, tout avait été défait, reconstruit et modernisé de siècle en siècle.

Mme Pereira ne savait pas encore ce qui s'était passé rue Saint-Louis devant la boulangerie Martin, sinon elle lui en aurait parlé, elle aurait tenu là son sujet de conversation de la journée. Pour l'instant, elle restait debout devant sa loge, elle attendait comme on le dit de ceux qui n'attendent rien et qui laissent le temps passer sur eux, tout comme la Seine coule, effleure l'île Saint-Louis, ne l'attaque pas, ne l'use pas, l'île immuable face au fleuve qui entraîne la ville ou le continent dans son sillage, dans les flux de l'actualité.

Des poètes ou des chanteurs en mal d'inspiration avaient comparé l'île Saint-Louis à un navire – ce qui avait toujours paru à Charles un abominable lieu commun doublé d'une sottise. Un navire prend le large, il gagne d'autres horizons. L'île Saint-Louis ne prenait rien, ne bougeait pas. C'est la Seine, c'est la berge en face, c'est le monde qui s'affolaient tout autour. L'île Saint-Louis restait à l'écart. Elle était toujours restée à l'écart. L'île Saint-Louis était un point fixe – et seuls les points fixes permettent d'observer ce qui bouge, au-delà, Paris Plages et le reste. L'île Saint-Louis était comme Mme Pereira qui attendait devant sa loge et qui n'attendait rien, qui paraissait songeuse, autrement dit qui ne songeait à rien non plus, qui était disposée à accueillir, à retenir et à oublier aussi vite ce qui se présenterait devant elle.

« À propos, monsieur Ballanche, lui dit-elle en le rattrapant au pied des marches.

– Oui ?

– J'avais oublié. Un monsieur est venu vous voir, il y a cinq minutes à peine. Je lui ai demandé où il allait.

– Chez moi.

– Vous… vous l'attendiez ?

– Non, je n'attends personne.

– Comment vous le saviez, alors ?

– Je ne sais rien, je ne savais rien. C'est vous qui venez de me dire qu'il venait me voir. »

Mme Pereira l'examina sans bien comprendre.

Charles ne pouvait s'empêcher de nouer de telles conversations absurdes ou qui révélaient si bien l'absurdité ou l'inutilité de la plupart des propos échangés dans la vie. Il s'amusait de ce remplissage de mots, de la vanité des mots échangés et accumulés dans le grand vide, dans le grand ennui de la vie, mais il s'en voulut aussi d'avoir à si bon compte inquiété la gardienne.

« Enfin, ajouta-t-elle comme pour balayer les enfantillages où l'entraînait Charles, ces vertiges d'une logique à laquelle elle ne voulait pas succomber, je lui ai dit que vous n'étiez pas là.

– Vous avez bien fait.

– Je ne lui ai rien dit de plus. On n'est jamais trop prudent.

– Il avait si mauvaise mine ?

– N...non. Il avait l'air comme tout le monde. Enfin, il avait surtout l'air bizarre.

– Bizarre comme tout le monde ?

– Oui mais comme tout le monde à ce point-là, c'est rare.

– Vous ne l'aviez jamais vu ?

– Pas depuis que je suis là. »

Mme Pereira avait pris ses fonctions dans l'immeuble cinq ans plus tôt. Cela ne prouvait rien. Elle n'était d'astreinte, comme disent les syndics d'immeuble, que jusqu'à midi, et à midi pile, elle fermait les rideaux de sa loge et ne surveillait plus rien, ne répondait même pas quand on frappait à ses carreaux, elle s'enfermait chez elle et sa vie devenait un mystère. Son fils lui avait offert un ordinateur. Vers quels horizons virtuels naviguait-elle ? Une fois, une seule fois, sa porte était restée entrouverte et Charles avait cru discerner qu'elle faisait des réussites à l'écran. Peut-être que l'ordinateur offert par son fils lui servait d'abord à éviter de battre des cartes réelles.

« Il vous a dit tout de même ce qu'il voulait ?

– Rien, sauf qu'il était de vos amis.

– Et qu'il reviendrait ?

– Oui, qu'il reviendrait. »

Charles rentra chez lui. Et, comme chaque fois qu'il rentrait chez lui, il trouva son appartement du premier étage trop grand et trop vide.

Il fit réchauffer sa gougère.

Il n'avait pas faim.

Il n'avait plus faim depuis longtemps. Depuis qu'il vivait seul, et c'est sans doute la raison pour laquelle il allait si souvent au restaurant, dans l'île, pour retrouver, saluer et tenter d'imiter des gens qu'il connaissait et qui avaient de l'appétit.

On parle des vieux garçons. On devrait parler aussi des vieux veufs. Qui se sont enfoncés dans leur solitude et qui ne l'ont plus abandonnée, par fatigue sans doute, ou par peur, par lâcheté, par égoïsme et d'abord par timidité. Cet effort, cette fatigue, cet aplomb nécessaires pour nouer une nouvelle relation, entrevoir une nouvelle vie de couple et, plus difficile encore, pour la rompre, pour se rendre compte que tout cela était le fruit d'un malentendu, que l'illusion d'une femme séduisante ou d'un homme séduisant se fracassaient sur les torpeurs fripées du premier petit matin, quand on mesure que l'on n'a rien à se dire, rien de grave, d'inutile ou de complice à échanger !

Il avait eu un ami dont la réputation de séducteur était bien établie. Il était médecin et romancier, et sans doute cette double activité avait-elle favorisé ses succès auprès des femmes. Pourquoi cherchait-il à coucher avec elles ? Pour être fidèle à sa réputation, par habitude ou par simple réflexe ? À chaque fois, confiait-il à Charles, au moment de conclure il se demandait ce qu'il fichait là. Bien entendu, il faisait ce qu'il avait à faire, mais cela l'ennuyait avant même d'avoir commencé. Charles le comprenait et, le plus souvent, pour sa part, il évitait de commencer. Il n'avait plus l'âge d'être ennuyé. À soixante-dix ans, il était un vieux veuf. Cela faisait dix ans qu'il était un vieux veuf et qu'il se forçait à manger quelque chose à déjeuner, quand il restait seul chez lui.

Son été, il l'avait consacré pour une part à relire *Le Vicomte de Bragelonne* d'Alexandre Dumas, en mesurant – il était temps ! – à quel point ce roman de près de trois mille pages comptait parmi les plus grands de la littérature française. Sans doute était-il parvenu à cet âge où il pouvait enfin ressentir et accompagner la vieillesse et la mort des mousquetaires…

*

En fin d'après-midi, Dorothy passa le voir en coup de vent.

Tout ce qu'elle faisait était en coup de vent – ou dans le vent, ce qui n'est pas tout à fait la même chose. Elle se laissait porter, se laissait entraîner par le temps, les modes, les caprices, alors que Charles ne se laissait plus entraîner par grand-chose et certainement pas par le temps et les modes.

« Je t'ai apporté une tarte Tatin pour ton dîner, Charlie, elle vient de chez Berthillon. Muriel est formidable pour les pâtisseries.

– C'est gentil, mais…

– Mais rien, c'est comme ça. »

Dorothy avait vingt-quatre ans.

Elle glissait, elle virevoltait, elle riait, elle affichait un instant plus tard un regard pensif et mélancolique, puis elle chassait cette mélancolie – ou cette incertitude, ou ce remords – d'un nouveau coup de vent, et parfois ce coup de vent l'entraînait loin, très loin. Charles croyait qu'elle était encore en face de lui, mais non, la porte d'entrée avait claqué, il avait sursauté, il était seul de nouveau après avoir été comme éventé, rafraîchi ou rajeuni par elle.

Bien entendu, Dorothy pouvait être sérieuse, ou grave. Mais de ce sérieux ou de cette gravité elle ne faisait qu'émietter sa vie ou ses pensées à la façon dont on rectifie une sauce, sans en changer la nature.

Elle s'habillait vite – un jean, un tee-shirt, pieds nus dans des ballerines, comme les autres : ce même vent, ce jean, ce tee-shirt, l'uniforme de la jeunesse – et cela affligeait Charles qui, depuis toujours, détestait les uniformes. Il est vrai qu'il n'y regardait pas d'assez près et que le jean de Dorothy n'était sans doute pas comme les autres, qu'il était griffé Armani, que son tee-shirt lui aussi se distinguait des autres tee-shirts, mais ces distinctions, ces nuances, cette façon, là aussi, de *rectifier* le conformisme ambiant, lui échappaient et ne lui paraissaient pas changer la nature de ce tourbillon qui entraînait Dorothy et les autres dans la même apparence d'uniformité.

« Tu ne veux pas rester dîner avec moi ? lui demanda-t-il.

– Une demi-Tatin par personne, ça ne serait pas sérieux.

– Ça serait au moins raisonnable pour moi. »

Dorothy contempla Charles avec une mine affligée et presque maternelle. Raisonnable, raisonnable, qu'est-ce que cela voulait dire : raisonnable ?

« À propos de Tatin, si Marc te téléphone tout à l'heure (quel rapport avec une tarte Tatin ? se demanda-t-il), tu lui diras que j'avais une soirée avec le directeur de la publicité de *Madame Figaro* et des gens de chez Hermès.

– Il n'a pas ton portable ? »

Elle lui montra son iPhone avec un chagrin infini.

« Plus de batterie.

– Dans ces conditions…

– C'est le problème avec les iPhone, ils se déchargent en un clin d'œil et j'ai oublié, hier…

– En rentrant de ta soirée, tu pourrais…

– Je risque de rentrer tard.

– Très tard ?

– Oui, très tard, et je ne veux pas qu'il s'inquiète.

– Ou qu'il soit jaloux ? »

Dorothy fronça les sourcils.

Il se retrouvait sans défense quand elle fronçait les sourcils, quand elle se renfrognait comme une petite fille que l'on prive de ses jouets ou de ses mensonges.

« Pourquoi jaloux ? dit-elle.

– Ces soirées qui finissent dans la nuit… »

Elle cessa de se renfrogner.

« Les soirées finissent toujours dans la nuit, Charlie.

– Et si tu l'appelais maintenant, si tu prenais les devants ? »

Elle regarda sa montre.

« Non, il est encore au bureau. Je ne veux pas le déranger. Mais si tu le faisais toi, dans une heure ou deux ? »

Elle se pencha vers lui, s'accrocha à son cou comme on se suspend à la branche d'un vieil arbre, elle l'embrassa sur les deux joues et lui planta même en prime un petit baiser, lèvres closes, tout droit sur les siennes.

« D'accord ? »

Charles avait fait la connaissance de Dorothy en juin dernier. Son neveu, Marc, qui travaillait à Londres pour la Royal Bank of Scotland, au service des prêts et investissements industriels (s'il avait bien compris !), lui avait demandé d'héberger pour l'été sa fiancée qui, après une école de commerce à Londres, se voyait proposer un stage à *Madame Figaro*. Comment aurait-il pu refuser ? La chambre de bonne du quatrième étage qu'il avait transformée en studio au moment de la maladie de son épouse, et où s'étaient succédé différentes « aides de vie » (comme on le disait désormais avec pudeur pour ne pas évoquer franchement ces femmes qui ne sont que des aides à la mort) était inoccupée pour l'instant. Sans doute la louerait-il comme chaque année à un étudiant, dès la rentrée universitaire, pour un prix symbolique, mais il avait le temps.

Ce mot de « fiancée » l'avait fait sourire, comme si Marc le jugeait déjà vieux jeu, pudibond ou réactionnaire et que, pour lui, le mot ou le statut de fiancée était seul acceptable pour désigner la fille avec qui il vivait à ce moment-là, et pour combien de temps ? Probablement qu'aucun des deux ne pronostiquait encore l'avenir de leur liaison ni ne s'en préoccupait outre mesure.

Dorothy avait débarqué quai de Bourbon avec sa valise à roulettes et un grand sac de toile sur l'épaule – une grande bringue de fille aux cheveux châtain-roux, aux lèvres fines et pâles et aux yeux couleur de bois de citronnier qui affichaient un léger strabisme divergent. Au début, cela avait gêné Charles, cette façon qu'elle avait de le regarder et de s'échapper en même temps, oh, très légèrement, mais de lui donner tout de même le sentiment qu'elle était insaisissable et qu'elle le serait toujours. Cela l'avait découragé, l'avait intimidé, l'avait dissuadé de trop la regarder pour ne pas la mettre mal à l'aise, alors que c'était lui qui éprouvait de l'embarras. De son côté, elle n'avait jamais fait allusion à cette infirmité. En souffrait-elle ? Sans doute. Il préférait reporter son attention sur son accent anglais qui était peut-être un semblant d'accent anglais (le père de Dorothy était belge, et sa mère originaire de Bath, avait-il appris par la suite) – la seule coquetterie dont elle jouait, elle qui ne se maquillait pour ainsi dire jamais.

De temps en temps, Charles avait pris l'habitude de l'inviter à dîner chez Mon Vieil Ami, le bistrot de la rue Saint-Louis, sans doute la meilleure adresse gourmande de l'île, ou encore à L'Enoteca, l'italien de la rue Saint-Paul, en face, sur le continent. Parfois aussi elle débarquait chez lui à sept heures ou à huit heures, avec une grosse pizza qu'elle venait d'acheter chez Momo, près de l'église Saint-Paul.

« Si ça te tente ? »

Elle l'avait tutoyé très vite, dédouanée par la langue anglaise, sa langue maternelle, qui ignore les nuances du tutoiement et du vouvoiement, et il en avait été heureux. La pizza aussi le tentait.

Ni une ni deux, elle la mettait à réchauffer, ils s'installaient dans la cuisine, elle lui parlait de son stage à *Madame Figaro*, de ses rencontres, des contacts qu'elle prenait avec le milieu de la mode, les attachées de presse. Elle avait réussi à persuader Marion Cotillard de poser comme mannequin vedette pour un numéro spécial de la rentrée, après avoir convaincu la direction de l'hebdomadaire d'acheter les droits d'un entretien de la star avec Nicole Kidman, paru dans le mensuel américain *Interview*, et elle en était assez fière. Charles s'était demandé s'il était si difficile, après tout, de convaincre une actrice d'être ainsi mise en vedette par un journal comme *Madame Figaro*. N'était-ce pas d'habitude le contraire ? Les agents ou les attachés de presse des comédiens ne faisaient-ils pas le siège des grands périodiques ou des émissions de télé *people* pour décrocher un reportage, une invitation, une interview, un portrait ? C'était un milieu qu'il connaissait mal, il est vrai, il s'était contenté de hocher la tête et de partager comme il pouvait l'enthousiasme de Dorothy.

Elle dévorait les trois quarts de la pizza tout en parlant, elle s'échauffait, son accent anglais se faisait plus prononcé, les « u » devenait plus franchement des « ou », la rue se transformait en roue avec le « r » qui n'en finissait pas de rouler, et tout s'ébouriffait dans ses propos, tout s'accélérait – le coup de vent toujours –, Dorothy finissait la dernière portion de pizza et puis elle s'arrêtait net, la main devant la bouche, elle dévisageait Charles et elle éclatait de rire sans rime ni raison. Il n'avait pas compris ce qu'il y avait de si drôle dans tout ça, l'aplomb et la gourmandise de la jeune femme, peut-être, et son rire qui redoublait alors qu'elle dévisageait Charles si attentif et si étranger à ce qu'elle lui racontait, devant son assiette vide, et elle riait comme on rit de sa méprise au musée Grévin quand on s'assied sur un banc à côté d'un autre visiteur à qui on s'apprête à parler et qui se révèle être un mannequin de cire. Elle riait parce qu'elle se persuadait que Charles devant elle était un personnage de cire, une vieillerie du musée Grévin, et qu'est-ce qu'une vieillerie du musée Grévin pouvait bien comprendre à ses soucis, ses exaltations, à Marion Cotillard, à la une de *Madame Figaro*, à ses ambitions, à sa vie tout court ? Oui, il y avait de quoi s'esclaffer, mais ce rire affligeait Charles, ce rire semblable à un rempart, un bloc d'années qui se dressait entre eux.

En fait, ce bloc d'années n'était pas un rempart aussi infranchissable d'un côté que de l'autre. Cette image du rempart relevait plutôt du cliché, de l'approximation. Lui, il s'efforçait de se pencher vers Dorothy, vers les filles et les garçons de sa génération, et de les comprendre. Cela l'amusait, cela l'intéressait et cela pouvait aussi l'émouvoir. Il les regardait de derrière une vitre, celle de son âge, et il était curieux du spectacle que cette génération lui offrait. Mais elle, que voyait-elle ? De son côté ne se dressait qu'une glace avec tain : un miroir. Peut-être, pour Dorothy, le monde ne faisait-il que la réfléchir, elle et ses proches. Les vieux, ceux qui avaient quarante ou cinquante ans de plus qu'elle, elle ne les voyait pas, elle n'y pensait pas ou n'y *réfléchissait* pas, c'est cela.

Il y avait eu un temps, voulait-il se persuader, où les images, les réflexions, les représentations et d'abord le langage circulaient dans les deux sens, où les jeunes gens et les hommes mûrs trouvaient plus ou moins des terrains d'entente parce que le terrain où ils vivaient était à peu près le même, où les années s'écoulaient avec une sagesse répétitive, où le progrès flânait, où la science ne révolutionnait rien, où l'on ne se déplaçait toujours pas plus vite, depuis des milliers d'années, qu'à la vitesse d'un cheval au galop, où les mœurs n'évoluaient guère non plus, bref où les jeunes gens dans leur impatience et les vieillards dans leur conformisme pouvaient tout de même se comprendre. Très bien, très bien ! Tout avait désormais basculé. Charles n'était pas de la génération des réseaux sociaux sur Internet, il se passait fort bien des téléphones-ordinateurs ou des tablettes tactiles avec leurs applications en veux-tu en voilà. Ils vivaient, Dorothy et lui, dans des mondes et des temps parallèles, qui ne s'écoulaient pas à la même vitesse. Personne parmi les adolescents n'aurait pu aujourd'hui consacrer un été à lire les trois mille pages du *Vicomte de Bragelonne*.

« Dans la soirée ou dans la nuit, prends un taxi pour rentrer, lui dit-il sans trop y penser.

– Promis !

– On ne sait jamais… Ce matin, devant la boulangerie Martin…

– Je sais ! l'interrompit-elle.

– Tu sais quoi ?

– Ce matin, un type s'est fait égorger vers six heures, sur le trottoir. Chez Berthillon, Muriel m'a tout raconté. Il a été attaqué par-derrière, avec un couteau ou un rasoir. Il s'est débattu et puis il est tombé par terre comme s'il était mort.

– Il n'était pas mort ?

– Il semble que non. Il a dû faire semblant d'être mort. L'homme au couteau s'est enfui. Lui, il a été hospitalisé. Personne ne sait de qui il s'agit.

– L'agresseur ou l'agressé ?

– L'un et l'autre… Mais tu imagines ça un peu ? Tu marches et un type par-derrière t'égorge.

– J'ai vu du sang sur le trottoir.

– Pas moi.

– Enfin, du sang, ça devait être du sang, mais… »

Dorothy se rembrunit.

Quand Muriel, la petite-fille du fondateur des glaces Berthillon, lui avait raconté cette histoire, elle n'avait pas eu peur, ce n'était qu'une histoire, presque une invention, mais, maintenant qu'elle la racontait à son tour, elle la vivait, la revivait, elle se la représentait, elle en devenait même la victime.

Elle s'allongea sur le canapé.

« Tu ne te sens pas bien, Dorothy ? »

Elle se força à prendre de longues inspirations.

« Tu veux un whisky ?

– Non, une vodka, Charlie. »

Elle lui sourit comme une rescapée qui aurait eu la présence d'esprit de se laisser tomber, elle aussi.

Il avait toujours une bouteille de vodka au congélateur, une Dubrowka, l'immuable cadeau de Toma, le jeune Polonais qui occupait la chambre de bonne mitoyenne de son studio, chaque fois qu'il revenait de Pologne, pour le remercier des démarches qu'il avait entreprises autrefois en sorte de régulariser sa situation administrative.

Elle l'avala d'un trait et se leva d'un bond.

« Tu sais, je crois savoir qui est le type qui a voulu égorger le malheureux de ce matin rue Saint-Louis. »

Elle le regarda avec gravité et son regard, en s'éloignant de lui, vint ruiner cette gravité à laquelle elle voulait prétendre.

« Je suis sûre que c'est le type du troisième étage.

– Alain La Jonquière ?

– Il a une tête de vieil obsédé, ce bonhomme, chaque fois qu'il me croise dans l'escalier.

– Dans ce cas, évidemment… L'argument est décisif !

– N'est-ce pas ? Et je ne te parle pas de sa femme : on dirait un fantôme, un vampire.

– Tu penses qu'elle pourrait être sa complice, assoiffée elle aussi du sang des habitants de l'île ? Dracula-sur-Seine ?

– Le couple infernal, Charlie, méfie-toi !

– Ce brave type qui est dans la prospection pétrolière !

– Il n'y a pas de brave type dans la prospection pétrolière !

– Tu crois ? »

Charles s'amusait. Ce La Jonquière n'était pas un brave type mais un nouveau riche qui empoisonnait la vie de l'immeuble, ne saluait jamais personne, exigeait la construction d'un ascenseur dans la cage d'escalier qui figurait pourtant à l'Inventaire supplémentaire des Monuments historiques, mais jurait qu'il avait des relations, qu'il se débrouillerait. Aux yeux de Charles, il incarnait cette nouvelle espèce d'insulaires qui avaient contribué à faire perdre à l'île Saint-Louis un peu de son âme et de son élégance surannée.

« Parlons-en, d'un brave type ! reprit Dorothy. Il est si gras, avec ses chemises qui ne sont jamais nettes, il transpire dès qu'il vous regarde.

– Dès qu'il te regarde toi, pas moi !

– C'est pareil !

– Pas de chance pour nous, Dorothy : je crois qu'il est parti il y a quinze jours pour l'Amérique du Sud… Et sa femme l'a accompagné.

– Faudrait quand même vérifier.

– Promis et, en attendant, fais tout de même attention à toi en rentrant.

– OK, je prendrai un taxi. J'espère tout de même qu'on me raccompagnera.

– On… ?

– Le directeur de la publicité de *Madame Figaro* ou quelqu'un d'autre !

– Mais au cas où, tiens ! »

Il lui tendit un billet de cinquante euros.

Elle s'en empara sans se faire prier et elle eut son petit rire d'enfant qui reprend goût à la vie après un gros chagrin.

« Fallait pas, Charlie.

– Je n'ai aucune envie de me faire égorger par Marc, s'il t'arrivait quelque chose.

– Oh, Marc… »

Elle le quitta.

Qui la raccompagnerait, et à quelle heure ? Après tout, il se fichait bien que Marc soit trompé. Il se sentait moins proche de lui, désormais, que de sa fiancée, comme il disait. Il se demanda tout de même s'il s'en fichait vraiment, si ce n'était pas lui qui éprouvait de la jalousie.

Il avait été frappé autrefois par une réflexion de Jules Renard, dans son *Journal* : « Près d'une femme, j'éprouve tout de suite ce plaisir un peu mélancolique qu'on a sur un pont à regarder l'eau couler. » Il n'avait jamais su au juste quelle interprétation lui donner. Ce plaisir mélancolique à observer la vie, la fluidité de la vie qui va, qui entraîne, le désir qui s'éloigne, cette vie, cette séduction de la vie et du désir qui est devenu inaccessible, dans lequel on ne s'immergera plus, on a basculé de l'autre côté, on observe et voilà tout… Mais il y avait un autre sens : cette eau, ces femmes encore jeunes comme le temps qui passe, ce courant, et elles vieilliront, et l'on regarde aussi avec mélancolie, on se représente déjà le temps et ses affronts, l'eau loin, plus loin, ces femmes entraînées vers la vieillesse, vers la mort, et elles ne le savent pas…

Charles avait la manie, face à un nouveau visage, de s'imaginer comment ce visage vieillirait, et parfois, avec une précision douloureuse, se superposait l'image d'une vieille femme à la demoiselle qui lui faisait face et qu'il avait cessé de voir. Peut-être qu'il se vengeait, pour lui seul, une vengeance comme ça, en imagination, parce qu'il était, lui, déjà accoudé au pont et que la demoiselle parlait, agissait, virevoltait et s'ébrouait dans les tourbillons de la vie ; il ne l'écoutait pas vraiment, et c'était un sourire terrible qu'il affichait, impitoyable, vengeur, et chacun s'y trompait, croyait y déceler de la douceur, de l'indulgence, un sourire qui lui donnait beaucoup de charme, auquel Dorothy non plus n'était pas insensible car elle y voyait elle aussi la mélancolie d'un vieil homme appuyé à la rambarde d'un pont ou d'un parapet de l'île Saint-Louis – mais elle se trompait, comme les autres.

VENDREDI 1er OCTOBRE 2010

Qui pouvait sonner à la porte de Charles ?

Aux informations de neuf heures, il avait appris que ce 1er octobre avait été choisi comme Journée internationale des personnes âgées. Mon Dieu ! Quelle instance farfelue avait pu décider d'une telle mobilisation ? La fête des Mères, la fête des Pères, la Journée de la femme, la fête des Grands-Mères, les journées sans voiture, sans tabac, sans alcool, sans rien, en attendant la fête des gendres, des nourrissons, des belles-mères et des cousins germains ! Où s'arrêterait-on ? Initiative plus touchante à cette occasion, l'association des Petits Frères des pauvres avait appelé chacun à offrir une fleur aux personnes âgées de son entourage.

Sonnait-on pour lui offrir des fleurs ?

Il se dirigea sans hâte vers l'entrée.

On sonna de nouveau. Trois appels plus brefs.

Charles mit la main sur la poignée de la porte, sans impatience mais avec une pointe d'appréhension – celle qu'il éprouvait toujours devant l'avenir, le proche avenir : le clignotant de son téléphone qui l'avertissait qu'il y avait des messages, le courrier sur son paillasson ou une sonnerie à la porte, dont il n'attendait jamais rien de bon *a priori*.

Il ouvrit et ne reconnut pas l'homme devant lui, en dépit de la cordialité presque agressive que celui-ci manifesta d'emblée en prenant la main de Charles, l'air de lui dire : surtout, ne t'avise pas de ne pas me reconnaître, de me mettre à la porte en prétextant que tu as tout oublié de moi et de notre amitié !

Selon toute vraisemblance, il s'agissait du visiteur passé le voir au début de la semaine. Il repensa à la description de la gardienne. Peu de gens avaient comme lui en effet cette aptitude à ressembler à tout le monde, couleur de muraille.

« Je peux entrer ? »

Charles n'eut pas le temps de lui répondre. L'homme était déjà chez lui et Charles se résigna à le suivre au salon.

« Il… il est un peu trop tôt pour un whisky ou quoi que ce soit, non ? », lui dit-il.

L'homme s'assit au fond du canapé.

« Si tu as un café, je veux bien. »

Charles lui prépara un café dans la cuisine et revint vers lui.

Cet homme, bien sûr, il le connaissait. Ce visage inexpressif, pâle, ce costume, sous l'imperméable mastic, qui n'était ni minable ni élégant, de toute saison, rayé gris, cette silhouette entre deux âges, ces traits éteints, ces lèvres fines, ces cheveux coupés court, en arrière, poivre et sel, cet homme enfin qui semblait n'être rien parce qu'il était tout, indéfini, moyen, aux yeux sans couleur eux aussi, gris peut-être, ou bleus ou bruns, allez savoir ! C'était un individu dont un institut de sondage aurait dû s'emparer. À lui seul il aurait pu répondre pour la France entière : il manifesterait le lendemain contre la retraite à soixante-deux ans, il approuverait pourtant les mesures du gouvernement, il pesterait après chaque défaite de l'équipe de France de football, il chargerait le ministre des Affaires sociales de tous les maux, mais il se méfierait tout autant des dirigeants socialistes…

« Tu plaides toujours pour des éditeurs ? demanda-t-il à Charles.

– Plus ou moins. Et toi ? »

Cet homme le tutoyait. Pourquoi ne tutoierait-il pas cet homme qui le regarda soudain avec une forme de perplexité, de violence aussi ?

« Tu me demandes ça, à moi ? »

Charles le reconnut enfin.

Jean Lefaur.

Jean Lefaur qu'il avait défendu une vingtaine d'années auparavant, dans le procès qui l'avait opposé à son diffuseur et à son imprimeur…

Tout lui revenait en mémoire.

Lefaur avait fondé autrefois une maison d'édition avec les capitaux de sa femme. Parmi ses premiers titres figurait un essai sur les prophéties de Nostradamus rapportées à l'actualité politique, comme si l'élection de François Mitterrand en 1988, les conflits au Proche-Orient, les révoltes anticommunistes en Pologne, en Tchécoslovaquie ou en Allemagne de l'Est auraient pu se prévoir et se décrypter à la lecture attentive de l'illuminé marseillais du XVIe siècle.

L'ouvrage, *Nostradamus aujourd'hui*, était d'une imbécillité sans appel et serait passé inaperçu si l'auteur n'avait pas été l'invité de Bernard Pivot à la télévision et n'avait su amuser la galerie avec ses élucubrations qu'il faisait mine de prendre au sérieux. Quinze jours plus tard, près de quatre vingt mille exemplaires de ce *Nostradamus* avaient déjà été vendus.

Ce succès éditorial avait grisé Jean Lefaur qui fut pris par la folie des grandeurs.

Curieuse expression que « la folie des grandeurs » ! Elle ne devrait s'appliquer qu'aux êtres d'exception que caresse l'ombre de la déraison : ce privilège terrible qui est aussi un signe d'élection, cette grâce réservée à ceux-là mêmes que ne console pas l'ordinaire de la vie. Et pourtant non ! La folie des grandeurs s'applique le plus souvent aux médiocres. On devrait l'appeler la sagesse ou l'espérance des petitesses. Elle est le signe indélébile de la bêtise – cette bêtise crasse, insondable, sur laquelle se sont penchés tant d'écrivains, comme si seule la bêtise vous faisait pénétrer au plus secret de l'esprit de l'homme. Elle est aussi la marque de la banalité, car la grandeur, la vraie grandeur ne se décrète pas, ne s'agite pas, ne se proclame pas, la grandeur c'est ce qui s'impose, ce qui est advenu, ce que l'on parachève, le couronnement du geste. La folie des grandeurs, c'est au contraire le début, la gesticulation du pantin qui, au pied de l'Everest, trépigne et dit : je parviendrai à son sommet, alors que la grandeur, c'est de l'avoir atteint et de ne mesurer qu'à ce moment-là la folie d'une entreprise qui n'avait été auparavant que méthode, sérieux, silence et entraînement.

Bien entendu, Jean Lefaur n'avait adopté aucune méthode, n'avait fait preuve d'aucun sérieux pour mener à bien son activité d'éditeur. Il avait été très vite la victime de l'indécrottable cheptel des polygraphes en mal de publications. Il avait distribué des avances sur droits trop généreuses. Il avait fait pour un temps illusion auprès des imprimeurs, libraires, diffuseurs et représentants, avec ses romans dont il promettait monts et merveilles, et il avait même influencé quelques critiques littéraires qu'il invitait à déjeuner au Grand Véfour ou au Lutétia.

Deux ans après la publication de *Nostradamus aujourd'hui*, Lefaur, qui avait entre-temps divorcé, avait mis la clef sous la porte, et personne n'y aurait prêté attention s'il n'avait été poursuivi par son diffuseur et son imprimeur, non pour faillite – comme tant d'autres ! – mais pour escroquerie, faux et usage de faux, ce qui était tout de même plus savoureux…

« Finalement, je prendrais bien aussi un whisky… », lui dit-il.

Charles se leva.

« … si tu as un pur malt. »

Charles se dirigea vers le placard de la salle à manger. Oui, il avait un pur malt qui s'empoussiérait là. Il déplaça des bouteilles et finit par le trouver.

« Du Lagavulin, ça te va ? cria-t-il à Lefaur.

– À la rigueur. »

Charles revint dans le salon, sa bouteille à la main.

Son cartable sous le bras, Lefaur debout près de la bibliothèque inspectait les livres, les éditions rares. Charles se demanda à quoi lui servait ce cartable qui n'était ni la mallette de l'homme d'affaires, ni l'attaché-case de l'avocat, ni la sacoche du représentant de commerce, ni le vrai fourre-tout du lycéen, un cartable qui paraissait tout neuf mais qu'il aurait été absurde d'acheter, et pour quel usage ?

Il servit Lefaur avec générosité et se versa lui-même un fond de Lagavulin.

« Pas de glaçons, je présume, avec un pur malt ?

– Non, pas de glaçons », lui répondit Lefaur qui revint s'asseoir au fond du canapé.

Que voulait-il ?

Lui parler du climat qui régnait sur la France en ce début d'automne ?

Charles se sentait oppressé depuis longtemps par la médiocrité affairiste de la classe politique au pouvoir, l'absence de toute perspective et de toute culture. Le Parlement s'apprêtait à adopter le report de l'âge légal de la retraite de soixante à soixante-deux ans, et les syndicats qui étaient dans leur rôle mobilisaient avec succès des millions de protestataires. Combien seraient-ils demain à défiler dans les rues à leur appel ? Les organisations lycéennes appelaient à leur tour à rejoindre les manifestations, sans trop savoir au juste si cette mesure gouvernementale servait ou desservait à terme leurs intérêts. La France vieillissait, s'ankylosait dans ses aveuglements. Les lycéens protestaient comme de futurs retraités. La Journée internationale des personnes âgées aurait pu se confondre avec la leur. Devrait-on offrir une fleur à chaque écolier ?

Personne, autour de Charles, ne semblait aimer son époque, ses dirigeants, son avenir – ce Jean Lefaur sans doute pas plus que lui. Personne n'aimait ces années-fric, ces années-scandale, ces inégalités sociales blessantes et les mauvais feuilletons dont la presse se faisait l'écho avec tant de complaisance, parce que la veuve la plus riche de France, héritière d'un empire industriel lié aux cosmétiques, se disputait avec sa fille trop cupide ou trop mal aimée, jalouse d'un amuseur rapace à qui la vieille dame distribuait des millions d'euros.

Charles attendit que son visiteur lui expliquât enfin les raisons de sa venue. Il trempa ses lèvres dans le Lagavulin. Son goût de tourbe fumée n'était pas désagréable.

Devant lui, Lefaur buvait par petites gorgées, à son aise, jambes croisées, comme si c'était lui le maître de maison et Charles le visiteur, le quémandeur plutôt. Le silence ne lui faisait pas peur. Il finit par reposer son verre vide et regarda fixement la bouteille, mais Charles ne dit rien, ne proposa pas de le resservir et continua d'attendre.

Lefaur finit par émettre un petit rire, comme tinte une clochette à la fin de la récréation, puis il tourna la tête vers le bureau de Charles, la troisième pièce en enfilade sur le quai de Bourbon.

« Tu reçois toujours là tes clients ? »

Charles inclina la tête, sans juger utile de lui préciser qu'il recevait désormais de moins en moins de clients.

Lefaur prit enfin la bouteille et se resservit un demi-verre avant de la tendre à Charles, comme s'il l'invitait à se resservir lui-même, à prendre ses aises, et c'était bien aimable.

Charles se saisit de la bouteille, elle était vide. Il la reposa sur la table basse, près du *Monde* de la veille, sans réagir. De toute façon, il n'avait aucune envie de reprendre du whisky, le matin, comme ça, à jeun.

« Tu sais, ce livre de d'Ormesson, je l'aurais publié, si tous ces salauds...

– Oui, tu me l'avais affirmé, à l'époque. »

Ah, ce fameux livre fantôme de d'Ormesson, l'objet du procès d'autrefois ! Afin de renvoyer à plus tard le règlement de ses dettes et d'obtenir de nouveaux crédits, Lefaur avait persuadé à l'époque son imprimeur et son diffuseur qu'il allait publier un livre de souvenirs littéraires de Jean d'Ormesson, promis au plus grand succès. Il fallait lui faire confiance et garder le secret sur cet événement éditorial. Pour preuve, il avait adressé à ses débiteurs la photocopie d'une lettre de l'écrivain, qui attestait de ce projet. Un coup de fil à d'Ormesson eût suffi à révéler le faux. Ni l'imprimeur ni le diffuseur n'y songèrent. Lefaur n'avait gagné qu'un sursis. On ne vit jamais trace du livre ni même du contrat entre Jean d'Ormesson et lui. Les débiteurs déposèrent plainte et Charles s'était retrouvé chargé de la défense de Lefaur.

Qui avait servi d'intermédiaire ? Il ne s'en souvenait plus. L'éditeur s'était-il prévalu d'une relation commune et sans doute illusoire de sa part ? Charles avait été amusé par sa placidité, son assurance courroucée et pleurnicharde, comme s'il avait été la victime et l'imprimeur et le diffuseur les escrocs.

Et voilà qu'il revenait sur cette vieille affaire !

« Jean d'Ormesson et moi, nous étions amis... Enfin, nous avions des amis communs. Il me l'avait promis, ce livre, quand je l'avais rencontré, un soir, à La Frégate où je dînais avec Jacques Brenner. J'avais tout simplement, mettons, anticipé ce projet, mais l'anticipation n'est pas une malhonnêteté, non ? »

Lefaur retrouvait devant lui cette hargne aussi grise, aussi aiguisée que l'acier ou que ses yeux sans couleur, sans pitié, cette rage des menteurs sans envergure qui finissent par être dupes, les premiers, de leurs affabulations.

À l'époque, Charles n'avait pas eu trop de mal à arranger son cas. Il était intervenu auprès du diffuseur et de l'imprimeur. Cette fausse lettre de d'Ormesson les ridiculiserait, si on la produisait à la barre. À quoi bon, de surcroît, un procès coûteux face à un homme insolvable ? Ils avaient retiré leurs plaintes. Les éditions du Rocher avaient racheté les droits de *Nostradamus aujourd'hui*, l'un des rares actifs que laissait Jean Lefaur, pour combler ses dettes. Bien entendu, celui-ci n'avait pas versé le moindre honoraire à son avocat. Il avait disparu de la circulation.

« Ce livre, chez toi ou chez un autre éditeur, d'Ormesson ne l'a jamais écrit, que je sache, lui fit observer Charles.

– Il l'aurait écrit.

– Vraiment ?

– Et ces salauds auraient récupéré leur fric, et j'aurais pu régler les honoraires de mon avocat, ajouta-t-il avec plus de rancœur que de regret, plus de violence que de honte – toujours cette forme d'irritation des médiocres qui se jugent victimes de la société, des hommes, des lois, du climat, des microbes, de la malchance, du destin, de tout hormis de leur médiocrité ou leurs escroqueries.

– Dans ces conditions, tu n'aurais pas eu besoin d'avocat, lui fit observer Charles.

– Très juste, je n'aurais pas eu besoin d'avocat », lui répondit-il comme si Charles lui donnait raison, comme si cet avocat, ce besoin d'un avocat, l'existence même de cet avocat avaient constitué un affront, la preuve même de la persécution dont il avait été l'objet.

Et de nouveau il sirota son whisky avant de jeter d'un air détaché :

« On pourrait déjeuner ensemble. »

Charles hésita. L'idée de ce déjeuner lui pesait. Cette chape d'ennui, cette forme d'inertie rageuse qui flottaient autour de Lefaur. Mais il n'osa refuser. Peut-être par curiosité, peut-être aussi parce qu'il était timide, qu'il y avait toujours eu en lui une forme de timidité, la peur de faire violence aux autres, le souci d'esquiver tout rapport de forces.

Est-ce pour cela qu'il était devenu avocat ? Pour se faire violence à lui-même, lutter contre cet engourdissement qui n'avait cessé de le menacer ? Pour se confronter à des conflits, des épreuves, pour entrer dans la mêlée, choisir un camp, prendre parti, affronter des adversaires, lutter, plaider, l'emporter ? En vérité, il se sentait d'abord l'âme d'un conciliateur. Il n'avait été un bon avocat que dans la mesure où il s'était retrouvé peu souvent devant la justice, où il avait toujours cherché les arrangements, les compromis, les négociations, parce qu'il se mettait sans trop de difficulté à la place des autres et qu'il préférait éviter de plaider.

*

Vingt minutes plus tard, ils s'attablèrent à une table en Formica du bistrot L'Escale, au coin du quai d'Orléans et de la rue des Deux-Ponts.

Charles aimait bien Valérie. Elle tenait seule l'établissement après la retraite de ses parents qui vivaient désormais le plus souvent en Lozère. Son plat du jour était très correct. L'Escale n'était pas une halte pour touristes mais un point de ralliement pour les vieux habitants de l'île. Quelques décennies plus tôt, les familiers y auraient eu leur rond de serviette, mais cela ne se faisait plus, cela relevait d'un autre monde, celui des récits de Francis Carco, de Léon-Paul Fargue ou de Léo Larguier, des films de René Clair ou de Julien Duvivier.

Toujours cette aptitude, chez lui, à superposer l'imaginaire et le réel, à transformer son île Saint-Louis en un territoire romanesque ou cinématographique, à l'écart de la vie, alors que, sur le continent, il se sentait plus vulnérable. En un sens, Lefaur dans l'île, à sa portée, était au moins contenu dans un rôle inoffensif.

Valérie s'approcha d'eux.

Charles lui serra la main, lui présenta Jean Lefaur qui se contenta d'un signe de tête.

« Des rognons de veau au madère avec un gratin dauphinois, ça vous va ?

– Très bien, approuva Charles.

– Votre gratin dauphinois, il est vraiment dauphinois ? s'enquit Lefaur avec une suspicion déjà hostile.

– Oui, c'est un gratin dauphinois, lui répondit-elle, un peu surprise.

– Donc il n'y a pas de fromage dedans.

– Je pense que si, il y a du fromage dedans, et c'est meilleur avec du fromage, vous ne trouvez pas ?

– Donc ce n'est pas du gratin dauphinois mais un gratin savoyard, et ce n'est pas du tout, mais alors pas du tout la même chose », précisa Lefaur avec une joie mauvaise.

Valérie était de bonne composition. Elle aimait Charles qui avait connu et apprécié ses parents, elle le regarda pour lui demander secours, pour savoir qui était cet énergumène qui l'importunait avec son gratin dauphinois dans lequel elle avait toujours mis du fromage.

« Je suis allergique au fromage, ajouta Lefaur pour couper court.

– Alors prenez des pommes sautées à la graisse d'oie.

– Va pour les pommes sautées », soupira-t-il.

Elle s'apprêtait à regagner son comptoir et le guichet de la cuisine.

« … Et un œuf mayonnaise, pour commencer. »

Valérie regarda Charles.

« Pour moi, rien. Une carafe de morgon, comme d'habitude.

– Une grande ?

– Une grande, intervint Lefaur, et une eau minérale. Vous avez de la Chateldon ?

– De la Badoit.

– À la rigueur, soupira-t-il à nouveau.

– Tu es allergique au fromage ? lui demanda Charles quand Valérie se fut éloignée.

– Non, mais c'est pour le principe. »

Charles médita cette réponse et attendit.

Lefaur sortit de sa poche un tube de médicaments dont il détacha la capsule et qu'il retourna. Aucun comprimé n'en tomba.

« Bah ! soupira-t-il.

– C'est grave ?

– Non. »

Charles tenta de lire le nom du médicament, Haldépérol ou Halopéridol, mais ça ne lui disait rien, et Christelle, la petite serveuse de L'Escale, vint déposer sur leur table l'assiette d'œuf mayonnaise que Lefaur engloutit avec la rage ou l'esprit de revanche d'un homme qui n'a pas dû manger depuis plusieurs jours.

Charles pensa qu'il devait exister des personnages comme lui dans les nouvelles de Tchekhov : ce côté gris souris, à la fois violent et humble, écrasé par la fatalité, insidieux, parasite et sournois, à qui aucune éclaircie ne sera jamais offerte.

« Tu ne t'es jamais remarié ? lui demanda Lefaur.

– Et toi ?

– C'est un luxe que je n'ai pas pu m'offrir.

– Il existe des femmes riches.

– Je ne les ai pas trouvées. »

Christelle leur apporta les deux plats du jour.

Lefaur se servit des pommes de terre à la graisse d'oie et regarda avec envie le plat ovale de gratin dauphinois qui grésillait encore sur la table. Du bout de sa fourchette, il retourna une pomme de terre. Des filaments de fromage s'étirèrent sous la croûte.

« J'en étais sûr, tu vois, du gratin savoyard ! Pourquoi tout le monde parle de gratin dauphinois quand il s'agit de gratin savoyard ? Tu en as une idée, toi ?

– Aucune.

– Parce que le mot dauphinois fait plus chic que savoyard ?

– J'ignorais que le Dauphiné était plus chic que la Savoie.

– Pour rendre malade les malheureux qui sont allergiques au fromage ?

– Oui, c'est sûrement la raison, tu as tout compris. »

Jean Lefaur laissa échapper un petit rire et attaqua ses rognons au madère.

« Tu ne me demandes pas pourquoi je suis venu te voir ? », lui dit-il au bout d'un moment, en relevant la tête, la bouche luisante de graisse.

Charles n'était pas pressé. Il avait le temps d'attendre. Il n'avait peut-être même plus que cela à faire dans la vie : attendre.

« Pour me parler de la différence entre le gratin dauphinois et le gratin savoyard ? »

Lefaur balaya de la main cette réplique. Il ne jouait plus. Il se pencha au-dessus de la table, ses yeux gris ou bleu ardoise se fixèrent sur Charles. Il observa un moment de silence, hésita, tel un conspirateur sur le point de livrer à un complice le plus terrifiant des secrets, puis se pencha davantage.

« Tu connais Véra Michalski ?

– Je sais qui elle est, répondit Charles sans se compromettre.

– J'entreprends pour elle une nouvelle traduction de *L'Égoïste* de George Meredith.

– Bonne idée !

– Tu comprends, parmi les grands auteurs anglais classiques, Jane Austen est redevenue à la mode après toutes les adaptations filmées et les téléfilms des dernières années, les sœurs Brontë, on n'y échappe pas, on a aussi reparlé de Thackeray grâce au *Barry Lyndon* de Kubrick...

– Et de Thomas Hardy quand Polanski a tourné *Tess*, très bien !

– Je ne te dis rien de Henry James, cet Américain qui est presque anglais ou, plus près de nous, d'Anthony Trollope, de Forster, et j'en passe...

– Bref, Meredith...

– Meredith, oui, est l'un des plus grands écrivains anglais de la seconde moitié du XIXe siècle.

– Avec George Eliot. »

Lefaur le regarda avec l'attention du voleur tout disposé à s'emparer de ce qu'il convoite : un portefeuille ou une bonne idée, peu importe !

« George Eliot à la rigueur, mais Meredith, reprit-il, reste l'un des grands oubliés d'aujourd'hui.

– Un oubli que tu veux réparer.

– Un oubli qu'il faut réparer, et avec une nouvelle traduction, parce que la première est totalement dépassée.

– À ce point ?

– Et Véra Michalski me propose...

– Pour quel éditeur ? », l'interrompit Charles qui savait que Véra, sa voisine du quai aux Fleurs, dans l'île de la Cité, dirigeait un groupe éditorial de plusieurs maisons.

Lefaur n'hésita qu'un instant :

« Buchet-Chastel, en principe.

– Très bien.

– On me propose une avance de cinq mille euros sur les droits de traduction. C'est lamentable, je le sais, mais… »

Charles sentit le vibreur de son portable dans la poche de son pantalon.

« Tu permets ? »

Il décrocha.

C'était Marc.

Celui-ci s'inquiétait de Dorothy dont il était sans nouvelles depuis dix jours. Son portable à elle ne répondait pas. Il lui laissait message sur message, en vain.

« Je crois qu'elle va bien, lui dit Charles.

– Elle ne t'a pas précisé la date de son retour à Londres ?

– Non.

– Son stage au *Figaro* devait s'interrompre fin septembre.

– C'est possible, lui dit encore Charles.

– Tu as besoin de récupérer ton studio, non ? »

Lefaur suivait leur conversation ou du moins les propos de Charles sans même feindre l'indifférence.

Charles parla à voix plus basse, en lui tournant le dos.

« Non, pas vraiment, mais peu importe. Dorothy ne m'a pas dit quand elle libérerait le studio du quatrième, dans une semaine peut-être. Je te tiendrai au courant... Oui, oui, je le lui dirai. »

Il referma son portable avant de le remettre dans sa poche.

« Excuse-moi !

– De rien, lui dit Lefaur qui insista au contraire : C'est qui, Dorothy ? »

Charles le regarda avec étonnement.

« La... la fiancée de mon neveu, en stage à Paris, une Anglaise.

– Et qui loge chez toi, au quatrième ?

– Tu étais venu me parler de Dorothy ou de Meredith ? coupa Charles que la muflerie et l'indiscrétion de Lefaur n'amusaient pas.

– Non, des cinq mille euros.

– Ça me semble beaucoup comme avance, pour une traduction, tant mieux pour toi ! »

Charles aurait pu ajouter que, s'il avait été éditeur, il n'aurait jamais versé la moindre avance sur droits à un homme comme Lefaur.

Celui-ci prit un ton plus humble, plus cauteleux.

« Tu pourrais voir auprès d'eux si...

– Si quoi ?

– Dix mille euros... S'ils ne pourraient pas aller jusqu'à dix mille euros comme avance, et cinq mille tout de suite, à la signature du contrat.

– Parce que tu n'as pas encore signé ton contrat ?

– Une question de jours.

– Écoute-moi, Jean ! Je ne comprends rien à ce que tu me demandes. J'ai été autrefois ton avocat… bénévole.

– Oublions ça, veux-tu ? trancha Lefaur comme s'il se sentait assez généreux pour oublier le passé.

– Mais je ne suis pas agent littéraire, c'est un autre métier, ce n'est pas le mien.

– Tu viens de me dire que tu connaissais Véra Michalski.

– Non. Une relation cordiale, sans plus.

– Un appel cordial, justement, comme ça, pour voir, tâter le terrain, ça ne te coûterait rien.

– Tu as déjà commencé ta traduction, tu as des pages à montrer à l'éditeur ou à ses collaborateurs ?

– Je leur en ai déposé une cinquantaine, l'autre jour.

– Et ils n'ont pas réagi ?

– Pas encore. »

Ils prirent deux cafés.

Valérie avait deviné : elle présenta l'addition à Charles qui sortit sa carte bleue et laissa cinq euros de pourboire. Il crut surprendre le regard furtif de Lefaur sur les cinq euros, ou sur la carte. Il préféra se lever pour payer et taper son code au comptoir, sur le terminal.

Quand il revint à leur table, Lefaur le regarda d'un air hostile – ou déçu.

« Tu n'aurais pas mille euros à m'avancer tout de suite sur cette traduction ? »

Tant de temps pour en arriver là ! À mille euros !

« Non, et je n'ai même pas mon chéquier sur moi.

– J'ai traversé une mauvaise passe, dernièrement. Je ne te raconte pas. Je vis à l'hôtel.

– Quel hôtel ?

– L'hôtel du Roi-de-Sicile, dans la rue du même nom.

– Et c'est là que je peux te joindre ?

– Ou sur mon portable. »

Comme s'il jouait sa dernière carte, Lefaur lui tendit son numéro déjà inscrit sur un bout de papier que Charles glissa sans le regarder dans son portefeuille.

« Pour Véra Michalski, je verrai, si l'occasion se présente.

– Je savais que je pouvais compter sur toi.

– Si l'occasion se présente, je t'ai dit.

– Et pour les mille euros ? »

Charles hésita. Ils étaient plantés tous les deux sur le trottoir étroit de la rue des Deux-Ponts, devant une petite galerie d'art indien et islamique. Lefaur ne le quittait pas. Lefaur ne le quitterait jamais, il en donnait le sentiment, Lefaur était un cauchemar, un ectoplasme, une créature dont on ne peut se défaire. Sinon en l'achetant ?

Charles sortit son portefeuille et vérifia l'argent liquide qui lui restait, quatre billets de cinquante euros.

Lefaur ne les lui arracha pas, il s'en empara plutôt avec lenteur et avec assurance, comme si le marché avait déjà été conclu. Il les plia et les fit disparaître dans la poche de sa veste, à la place du bout de papier où il avait inscrit le numéro de son portable. Donnant donnant, en somme.

« Tu n'as pas besoin d'un reçu, je pense, dit-il à Charles, comme si, encore une fois, c'était lui le grand seigneur, le généreux, l'insoucieux des petitesses comptables, et qui préférait faire confiance à l'humanité...

– À quoi bon, n'est-ce pas ? »

Lefaur dédaigna le sourire désabusé de Charles.

« N'oublie pas que je compte sur toi pour cet à-valoir », ajouta-t-il avec la résignation de l'homme conscient de toutes les largesses qu'il prodigue et qui ne se fait plus d'illusions sur la gratitude à attendre en retour.

Il s'éloigna de Charles sans lui serrer la main, les épaules basses. Il se dirigea vers le pont Marie, vers la rive droite, le Marais, la rue du Roi-de-Sicile peut-être, et lui qui ressemblait à tout le monde redevint bel et bien comme tout le monde, il disparut de l'île, il cessa d'exister.

Charles resta une minute ou deux sur le trottoir, le temps de s'assurer de cette disparition, le temps de se rassurer plutôt.

Jean Lefaur lui avait fait peur. Il prit conscience de cette peur, maintenant que l'autre avait disparu. Non pas en raison de ses manigances de pauvre type à la recherche de pigeons à plumer. En un sens, il se montrait là plutôt pittoresque. Non, ce qui l'avait inquiété tenait à la flamme, à l'ardeur ou à la conviction glaciale qui l'animaient – cette forme de violence sincère dans la mythomanie, de naïveté dans le mensonge, d'innocence blessée dans les coups tordus qu'il infligeait aux autres. Lefaur semblait habité… mais habité par quel délire ? Par la certitude d'être une victime dans un monde qui s'acharnait à sa perte ? Par un désir de revanche, mais contre qui ou contre quoi ?

Au distributeur de la Société générale, au coin de la rue Saint-Louis et de la rue des Deux-Ponts, Charles retira quatre cent cinquante euros.

*

Dans l'après-midi, il appela son amie Nebia Bendjebbour, responsable des archives du *Nouvel Observateur*, au siège du journal, place de la Bourse.

« Tu te souviens de Jean Lefaur ?

– La fausse lettre de Jean d'Ormesson ? Tu m'en avais parlé le premier, non ?

– Tu sais ce qu'est devenu Lefaur, par la suite ?

– Il a dû se lier à la veuve d'un écrivain à succès, mais qui ? Pas Guy des Cars ni Henri Troyat, non, mais quelqu'un comme ça. On le voyait avec elle dans des cocktails chez les éditeurs. Il a dû lui servir de conseiller en matière de droits d'auteur.

– Je vois ça d'ici. »

Elle rit.

« Tu as tout compris.

– Et après ?

– Après, plus rien. La veuve est morte. Ruinée par lui, sans aucun doute. »

Elle rit de nouveau.

« C'est tout ? insista Charles.

– C'est tout. Lefaur a disparu des écrans radar.

– Depuis longtemps ? »

Elle n'hésita qu'un instant.

« Trois ans au moins. »

*

Le soir, comme un contrepoison pour tenter d'oublier cette rencontre avec Jean Lefaur qui l'avait mis si mal à l'aise, Charles reprit le troisième et dernier volume du *Vicomte de Bragelonne* dans la collection Folio, dont il n'avait pas encore achevé la lecture.

À seize ou dix-sept ans, il l'avait lu après *Les Trois Mousquetaires* et *Vingt Ans après*, dans cette frénésie brouillonne des lectures adolescentes, au cours de ces longs après-midi de vacances, dépourvus par bonheur (un bonheur qu'il ne soupçonnait pas) de la moindre télévision, ces après-midi chauds et ennuyeux de Provence – mais on ne soulignera jamais assez la vertu, la qualité formatrice de l'ennui, quand on était comme lui réduit à lire, seul, avant de retrouver ses amis, quand on s'ennuyait et qu'on s'exaltait tout à la fois. Il se souvenait confusément que l'enthousiasme éprouvé à la lecture de la trilogie d'Alexandre Dumas s'était modéré chez lui d'un titre à l'autre, à mesure que vieillissaient les mousquetaires, jusqu'aux interminables digressions du *Vicomte de Bragelonne*, ce foisonnement d'épisodes avec ce Bragelonne lui-même qui ne l'intéressait guère dans ses amours malheureuses avec cette petite dinde de Louise de Lavallière.

Désormais, tout s'inversait. *Le Vicomte de Bragelonne* lui apparaissait comme l'un des plus grands romans de toute la littérature française, plus grave peut-être et plus complexe encore que la *Recherche du temps perdu*. Il y avait d'abord chez Dumas ce génie narratif qui osait tout, jusqu'aux scènes d'aventures les plus échevelées, les plus excessives. Chaque chapitre relevait d'un enjeu, d'un affrontement dramatique, avec ces dialogues qui claquaient, qui étaient encore du théâtre. Dumas n'oubliait rien du grand auteur dramatique qu'il avait été. Mieux encore, avec cette peinture si délicate du temps qui passait, avec ces héros dont les traits se creusent, dont les caractères évoluent, se durcissent ou deviennent au contraire plus indulgents, se dessinait ce grand mouvement de l'Histoire qui basculait, elle aussi, entre le temps d'une noblesse turbulente, intrigante ou héroïque, qui entourait Louis XIII et jetait ses derniers feux dans la Fronde, et la prise du pouvoir par Louis XIV, le sujet même ou l'arrière-plan du *Vicomte de Bragelonne* : les nobles frondeurs réduits désormais, avec l'épanouissement de l'âge classique, au rôle de courtisans.

Les héros de Dumas avaient traversé cette période, ils avaient vieilli et ils étaient devenus étrangers à ces temps nouveaux. Vieillir, n'est-ce pas précisément cela, cette vérité immuable, le fait de se sentir étranger aux temps nouveaux dont on reste encore, et pour combien de temps, le contemporain ? Les héros de Proust, eux, se situaient dès le départ en dehors de l'Histoire. La noblesse du faubourg Saint-Germain, les Guermantes et les autres faisaient figure de fossiles au début de la *Recherche*. Bien sûr, il y avait en arrière-plan, chez Proust, les soubresauts de l'affaire Dreyfus, le séisme de la Grande Guerre, les bouleversements individuels que cette actualité entraînait, mais tous ces esthètes, ces parvenus, ces duchesses et ces bourgeoises qui rêvaient de devenir duchesses n'existaient déjà plus depuis belle lurette si ce n'est dans une nuée frivole et mondaine, le temps des vanités, face aux séismes politiques et sociaux de la fin du XIXe siècle et du début du XXe auxquels ils ne prenaient aucune part...

Les jours raccourcissaient. L'automne était là. Paris Plages enfin oublié avec ses haut-parleurs qui déversaient une musique de bastringue sur l'île Saint-Louis, cette île « inventée » par des promoteurs qui avaient lancé leurs premières offres de lotissements au temps des trois mousquetaires, dont les hôtels particuliers avaient fini d'être construits quand les héros de Dumas se retrouvaient « vingt ans après », et dont le déclin mondain et la perte de prestige allaient s'amorcer avec la construction du château de Versailles, le déplacement de la noblesse hors de Paris, après la mort, pour tout dire, du vicomte de Bragelonne et des mousquetaires.

Il reposa son livre. Il respira avec lenteur pour ne pas se laisser submerger de chagrin après la mort de Porthos, enseveli à Belle-Île sous des blocs de pierre alors qu'Aramis, lui, parvenait à s'embarquer et à échapper aux troupes royales. Brave Porthos qui laissait tous ses biens au vicomte de Bragelonne, leur fils à tous et pas seulement celui d'Athos, à charge pour son héritier d'agir en sorte que Mousqueton, son fidèle serviteur, déclare en mourant qu'il n'avait jamais cessé d'être heureux !... Et Charles pleura bel et bien.

Telle est la vertu des livres, des gros livres dans lesquels on se plonge, dont on partage l'intimité des jours et des mois durant. Oscar Wilde avait affirmé que la mort de Lucien de Rubempré dans *Splendeurs et misères des courtisanes* avait été l'un des plus grands chagrins de sa vie et Charles avait naguère pris cela pour un bon mot, l'un des traits d'esprit habituels de l'écrivain anglais – mais non, il s'était trompé. Peut-être éprouverait-il lui aussi la même émotion à relire le chef-d'œuvre de Balzac. Pour l'heure, la mort de Porthos et la lecture du testament de Porthos relevaient d'un identique chagrin.

Porthos, le bon, le grand, le naïf Porthos entraîné, sans qu'il n'y comprît rien, dans les conspirations tortueuses d'Aramis, qui lui faisait confiance, qui faisait confiance à la vie, à l'amitié, à la droiture des hommes, il s'en sentait au fond plus proche, lui Charles, que de la plupart de ses amis ou de ses relations de l'île Saint-Louis.

Il soupira, s'essuya les yeux. Tout cela était idiot : cette émotion aussi virtuelle que les rencontres sur Internet. Mais, à y mieux réfléchir, il s'agissait exactement du contraire. Les internautes en chair et en os, incapables de vivre, de se rencontrer, de s'affronter, de s'aimer, se réfugiaient sous des pseudonymes pour échanger des âneries, confesser des sentiments stéréotypés, mettre en ligne des photos de vacances. Des réseaux dits sociaux, mon Dieu ! Les internautes se déréalisaient en somme. Les héros de roman, au contraire, prenaient vie, ils étaient la vie, la vie pure, complexe, tragique, tout ce que l'on voudra. Leur mort était une vraie mort. Elle inspirait un chagrin de haute civilisation, le chagrin né de l'imagination, de l'exacte représentation de cette mort.

Mais l'homme qui avait été égorgé par un inconnu à quelques pas de chez lui, en début de semaine, tout comme Jean Lefaur perdu dans sa mythomanie et dans ses mensonges, aux abois, acculé à retrouver d'anciennes relations pour leur soutirer quelques centaines d'euros, ne méritaient-ils pas d'abord toute sa compassion ? Sans doute, mais ils finissaient par être abstraits à ses yeux alors que Porthos, lui, ne l'était pas.

En refermant *Le Vicomte de Bragelonne*, Charles eut le sentiment de tourner une nouvelle page de sa vie – cette impression que l'on éprouve quand on perd de vieux amis et que l'on se retrouve seul, plus seul chaque jour, sans confidents, sans complices et sans consolations.

LUNDI 4 OCTOBRE 2010

Les manifestations du samedi avaient rassemblé près de trois millions de protestataires dans les différentes villes de France selon les organisateurs, huit cent vingt-cinq mille selon la police. Qui voyait juste ? En tout état de cause, ce lundi avait été proclamé Journée nationale des aveugles et des malvoyants. Encore une commémoration catégorielle à laquelle aurait dû penser Charles !

Encouragés par leur succès, les syndicats appelaient à de nouvelles manifestations le 12 octobre, tandis que la CGT-RATP déposait un préavis de grève illimitée à partir de cette date… Mais rien de ces troubles sociaux et de ces futures mobilisations, rien du projet de réforme de l'âge légal de la retraite qui serait examiné le lendemain au Sénat, rien de l'interminable attente d'un remaniement ministériel annoncé ne semblaient émouvoir les habitants de l'île Saint-Louis. La température qui régnait au bord de la Seine était conforme aux normales saisonnières : neuf degrés. Tout semblait normal, en somme. L'agression de l'inconnu le mardi de la semaine passée, rue Saint-Louis, était déjà oubliée. Dorothy, la première, l'avait effacée de sa mémoire avec la même facilité que l'on supprime un fichier de son disque dur.

En descendant du 87 devant le square Barye, elle reconnut, de l'autre côté du boulevard Henri-IV, Toma, penché sous le capot d'une Citroën C 5, devant le garage Saint-Louis. Elle lui fit un grand signe de la main.

Elle aimait bien Toma. Elle avait couché avec lui une fois, au début de son séjour. Leurs chambres étaient séparées par une mince cloison. Elle s'ennuyait. Elle se sentait un peu seule à Paris. Toma était gentil et doux. Un peu maladroit. Empressé. Elle n'avait pas attaché autrement d'importance à cette aventure d'une nuit. Lui avait eu du mal à s'en remettre. Il ne comprenait pas qu'elle le traitât désormais en copain, comme si rien entre eux ne s'était passé. Les garçons sont-ils plus sentimentaux que les filles ? Elle le torturait par sa présence désinvolte et amicale, près de lui, elle ne se rendait pas compte qu'il n'oubliait rien, qu'elle n'était pas pour lui une simple présence amicale, ou bien elle s'en rendait compte mais bah ! Toma grandirait, il ferait d'autres rencontres, il séduirait d'autres filles, il était si mignon avec ses yeux bleus, ses pommettes slaves, ses cheveux blonds qui se dressaient n'importe comment sur son crâne, et sa maladresse dans la vie !

Et lui qui remettait du liquide lave-glace dans le réservoir de la C 5, la vit tout de même, en face, près de l'arrêt d'autobus, devant la grille du square et les feuillages des paulownias, il reconnut sa silhouette sur le trottoir, son geste de la main, désinvolte et tendre, et il se redressa pour la saluer à son tour et bien entendu il se cogna la tête contre le capot, et elle se mit à rire.

Elle traversa tout de même la chaussée pour venir à sa rencontre.

Le soir tombait. Les passants se confondaient les uns avec les autres. Seule, pour Toma, Dorothy semblait retenir la lumière dans ses cheveux blond-roux, sur son visage si pâle et ses yeux incertains qui, comme les yeux des chats, restituaient, la nuit venue, toutes les clartés du jour.

« Qu'est-ce que tu fais ce soir ? », lui demanda-t-elle en se balançant d'un pied sur l'autre, son grand sac de toile posé sur l'épaule.

Toma s'essuya les mains sur un chiffon huileux mais Dorothy ne fit aucun geste pour l'embrasser ou lui serrer la main.

« Je… je ne sais pas. Tout à l'heure, j'irai voir Madeleine Lemonnier.

– Tu préfères toujours les vieilles dames aux plus jeunes ?

– Mais non, c'est que…

– T'en fais pas, Toma ! Je plaisantais.

– Avec des amis, j'ai rendez-vous après pour aller au cinéma.

– Voir quoi ?

– *Night and Day*, au Danton.

– C'est pas totalement débile, comme film ?

– On verra.

– Remarque, ça devrait te plaire. À tes amis aussi. »

Il ne prêta aucune attention au persiflage de Dorothy.

« Tu veux venir avec nous ? »

Elle n'hésita qu'un instant.

« Tu es gentil, Toma, mais non. »

Elle fit glisser le dos de sa main sur la joue du garçon, comme un au revoir, un signe de gentillesse ou de tendresse lointaine, de regret, peut-être, pour ce qu'elle venait de lui dire, ce mépris de la fille cultivée ou qui se piquait de l'être face à Toma et à ses amis polonais, ouvriers ou artisans comme lui. Ce signe de gentillesse était sans doute, sans qu'elle y prît garde, un au revoir bien plus cruel que pas de geste du tout.

Il la vit s'éloigner, marcher à longues foulées dans son anorak beige qui flottait autour d'elle, avec son grand sac de toile qui se balançait au rythme de ses pas.

Cet idiot de Toma, pensa-t-elle. Ils auraient pu sortir ensemble tous les deux, mais avec ses amis, non merci ! Elle s'en consola assez vite. C'est Marc qui l'obsédait, qui l'irritait, Marc qui lui téléphonait, lui laissait des messages à n'en plus finir, Marc qui prenait de ses nouvelles, Marc qui se demandait quand prendrait fin son stage, Marc qui voulait qu'elle se sentît coupable alors qu'elle avait horreur de se sentir coupable, horreur des scènes, de tout ce qui donne de la gravité, contrebat l'insouciance de la vie, de ses caprices et de ses désirs. Elle avait horreur de la jalousie de Marc, même s'il ne disait rien, s'il ne lui posait aucune question, et peut-être davantage encore parce qu'il ne lui posait aucune question.

Non, elle ne regrettait pas d'avoir couché avec Toma, un soir. Ce n'était pas sa faute à elle si son stage à *Madame Figaro* ne s'était pas trop bien passé, au début, si on ne lui donnait rien à faire, si les bureaux de la rédaction, avec l'été, étaient déserts, et si, quand elle rentrait le soir dans son studio, elle croisait ce grand garçon qui la couvait des yeux. Marc n'avait rien à voir là-dedans, et de quoi se mêlait-il, même s'il ne se mêlait de rien, même s'il ignorait avec qui elle allait dîner ce soir ?

*

Une demi-heure plus tard, Toma retira sa salopette, se lava les mains et le visage, se passa un peigne dans les cheveux. Robert Treizeur, son patron déjà rentré chez lui, lui laissait souvent le soin de fermer le garage. Toma tira le rideau métallique et le verrouilla à l'anneau du trottoir.

Au coin de la rue Saint-Louis et du quai d'Anjou, les travaux de l'hôtel Lambert s'accéléraient, les façades se hérissaient de poutrelles, d'échafaudages, de bâches et de palissades en bois contre les murs de soutènement du jardin surélevé du premier étage.

Quand il était écolier à Cracovie, on lui avait parlé de l'hôtel Lambert, de la famille Czartoritzki en exil qui s'y était installée après l'insurrection malheureuse de 1830, des soirées de l'hôtel Lambert avec le poète Mickiewicz et Frédéric Chopin. Là vibrait l'âme de la Pologne déchirée, occupée, rayée de la carte, au milieu du XIXe siècle… Il n'y avait pas tellement prêté attention, à l'époque, mais il regrettait maintenant sa distraction.

Toma était arrivé à Paris quatre ans plus tôt. Avec un ami dont il partageait la chambre mais qui devait repartir en Pologne, il avait entrepris des travaux de bricolage pour les uns et les autres, au noir. Il avait repeint la cuisine de Madeleine Lemonnier, quai de Bourbon. Il lui avait raconté sa vie. Peu après, elle lui avait proposé d'être le locataire de sa chambre de bonne. Elle avait été émue par ce grand garçon qui parlait encore si mal le français, de manière hachée, par paquets de mots peu liés les uns aux autres.

Lundi 4 octobre 2010

Madeleine Lemonnier ne s'était jamais mariée. Toute sa vie, elle avait enseigné le français au collège Sophie-Germain. Elle ne parlait pas beaucoup de son passé. Elle glissait parfois quelques allusions timides (timides, c'est le mot : elle rougissait presque comme une jeune fille prise en faute) à un homme qu'elle avait aimé, qui était marié mais n'avait jamais voulu divorcer en dépit de ses promesses, et alors elle s'était lassée, elle l'avait quitté et elle ne regrettait rien, ni son amour, ni sa déception, ni sa solitude...

Parfois, Toma l'interrogeait tout de même, le soir, quand il venait lui lire le journal qu'elle ne pouvait plus déchiffrer en raison de la macula dont elle était atteinte. Il osait ce qu'aucune des anciennes élèves de Madeleine Lemonnier qui venaient lui rendre visite ne se serait enhardie à faire vis-à-vis de leur ancien professeur. Il ne se rendait pas compte que c'était incorrect, mais il était étranger, un peu brusque et attentif, et elle lui pardonnait.

« Il ne faut rien regretter dans la vie, mon petit Toma », lui répétait-elle, et elle souriait à chaque fois qu'elle disait « mon petit Toma », alors qu'elle le devinait si grand devant elle, si saccadé dans ses gestes comme dans son élocution, un grand garçon qui la dominait du haut de sa taille et qu'elle protégeait du haut de sa vieillesse.

Toma se souvint qu'au début de l'été il avait lu à Madeleine un article du *Monde* consacré à la vente de l'hôtel Lambert à un prince arabe. Les travaux que celui-ci voulait entreprendre menaçaient l'intégrité artistique de l'hôtel, ce qui avait indigné la vieille dame. Elle avait signé une pétition lancée par l'association Paris historique. Toma lui avait aussi lu la prise de position de l'ambassadeur de Pologne à Paris, qui s'inquiétait des atteintes que pourrait subir la partie de l'hôtel décorée en style romantique, du temps des Czartoritzki, de Chopin et de Mickiewicz.

« Vous voyez, mon petit Toma, lui avait-elle dit, même les Polonais s'en émeuvent, et ils ont bien raison. Je les félicite, vos compatriotes. Ils ont plus de courage que nos responsables français. »

Pour l'heure, il espérait que les associations avaient eu gain de cause et qu'on n'allait pas dénaturer cet hôtel dont on lui avait parlé à Cracovie et dont le sort préoccupait l'ambassadeur de son pays.

Devant la boulangerie Martin, il jeta un coup d'œil au trottoir. On ne voyait plus rien. Le sang s'était effacé. Il continua son chemin, prit à droite la rue des Deux-Ponts et acheta, pour Madeleine Lemonnier, *Le Monde* au café-tabac-journaux…

Deux minutes plus tard, il grimpait les marches quatre à quatre et sonna comme d'habitude pour la prévenir avant d'entrer avec le double des clefs qu'elle lui avait confié.

« Quelles sont les nouvelles, mon petit Toma ? »

Il déplia le journal et commença par les titres de première page.

« “Retraites : l’exécutif prêt à des concessions au Sénat en faveur des femmes”, et en dessous : “La stratégie gouvernementale de l’effritement contestée par M. Raffarin et M. de Villepin”.

– Il ferait mieux de ne pas trop donner de leçons, ce M. de Villepin », dit-elle.

Toma ne fit aucun commentaire. Il ne savait pas qui était ce M. de Villepin.

« Et c’est tout ? insista Madeleine Lemonnier.

– Il y a une photo en couleurs d’une dame assez grosse, attendez : “Brésil : Dilma Rousseff en position de force pour le second tour.” »

Il reposa le journal.

« Qu’est-ce qui ne va pas, Toma ?

– Rien, je... J’ai rendez-vous au cinéma avec des amis.

– Pour un bon film au moins ? demanda-t-elle.

– Oh ! je ne sais pas. Il paraît que c’est amusant.

– Si c’est amusant..., commenta-t-elle avec résignation.

– C’est peut-être idiot, aussi. Je l’ai entendu dire.

– Dans ce cas...

– Mais il y a Tom Cruise et Cameron Diaz.

– Je ne les connais pas, mais vous me raconterez, Toma.

– Promis !

– Ne vous mettez pas en retard, vos amis ne vous le pardonneraient pas.

– J'ai encore le temps.

– La ponctualité, c'est sacré. Surtout si vos amis sont des jeunes filles, mais je ne veux pas être indiscrète. »

Elle lui sourit d'un gentil sourire – un sourire de grand-mère, se dit Toma qui ne pouvait imaginer ce qu'était un sourire de grand-mère, il n'avait jamais connu les siennes, elles étaient toutes les deux mortes pendant la guerre, mais ça devait tout de même ressembler à ça, à ce sourire.

Il se pencha pour l'embrasser et fila.

*

Dans l'escalier, il retrouva Dorothy qui sonnait au premier étage. Elle portait maintenant un pantalon noir et un pull gris clair à grosses mailles, avec un col roulé.

« Bon film ! », lui dit-elle avec le sourire.

Est-ce qu'elle continuait de se moquer de lui ?

Il avait déjà disparu quand Charles ouvrit.

« Tout va bien, Dorothy ? »

Elle haussa les épaules, ce qui était une forme de réponse.

« Tu veux dîner avec moi ? reprit-il

– Ça me ferait plaisir, oui, mais tu es sûr que…

– Je suis sûr que cela me ferait plaisir aussi.

– OK ! ».

Charles téléphona à Mon Vieil Ami et réserva deux couverts.

Ils prirent la rue Le Regrattier.

Dorothy restait silencieuse.

« Qu'est-ce qui te tracasse ? lui demanda-t-il.

– Rien.

– Il s'agit de Marc ?

– Oui.

– Qu'est-ce qui ne va pas, avec Marc ?

– Il... il me téléphone trop souvent.

– C'est un défaut ?

– Peut-être. »

Adrien, le jeune homme qui servait chez Mon Vieil Ami, leur avait réservé la dernière table au fond du restaurant. Dorothy fut frappée par sa ressemblance avec Toma. Elle le trouva mignon quand il lui tendit la carte et leur proposa à tous deux un verre de riesling en guise d'apéritif.

« Un faisan rôti pour deux avec de la choucroute, ça te tente ? lui demanda Charles.

– Oui, répondit-elle distraitement.

– Et un pinot noir d'Alsace ?

– Oui », l'approuva-t-elle du même ton.

À la fin du repas, Dorothy avait repris des couleurs.

« *Madame Figaro* me demande de prolonger mon stage.

– Et tu as accepté ?

– Pas encore… Si on me proposait autre chose… Mais d'abord, pour la chambre, tu crois que…

– Pour la chambre, tu restes le temps que tu veux, aucun problème.

– Le problème, c'est Marc, lui dit-elle, plus insouciante cette fois. Je n'ai pas envie de rentrer tout de suite à Londres.

– Et lui, il a envie.

– Voilà ! »

Adrien s'approcha pour desservir. Ils échangèrent quelques mots. Charles prit des nouvelles d'Anthony Clemot, l'ancien chef de Mon Vieil Ami qui officiait désormais chez Drouant. Adrien leur parla d'une nouvelle agression, rue des Barres, près de l'église Saint-Gervais, la veille au soir, qui ressemblait à celle de la rue Saint-Louis. Dorothy qui n'y prêta pas la moindre attention demanda la recette du *cheesecake* de la maison, mais n'écouta pas non plus la réponse.

Il était vingt-trois heures.

Charles et Dorothy regagnèrent leur domicile en passant par la rue Jean-du-Bellay.

« Tu vois, lui dit Charles en désignant l'étage supérieur de l'immeuble qui leur faisait face, au-dessus de la brasserie alsacienne, c'est là qu'habitait l'un des plus grands cinéastes français.

– Qui ça ?

– Robert Bresson.

– Connais pas ! », lui répondit-elle avec la bonne conscience de ceux qui sont persuadés que ce qu'ils ignorent ne mérite pas, par voie de conséquence, d'être su.

Il n'insista pas.

Une fois rentrés chez eux et parvenus au premier étage, Dorothy lui dit :

« Je regarderais bien un film. »

Ça lui arrivait aussi parfois, le soir, de s'inviter chez Charles qui, avant de faire son droit, avait préparé une école de cinéma, avait sagement renoncé à ce métier pour lequel lui, le solitaire, n'avait aucune aptitude mais qui restait un cinéphile compulsif avec les centaines et les centaines de DVD qu'il entassait chez lui. Dorothy se laissait conseiller avant de visionner un film sur son téléviseur grand écran.

« Qu'est-ce qui te tente ?

– De ton Robert Bresson, tu as quelque chose ? », lui demanda-t-elle avec un peu de remords ou pour lui faire plaisir.

Il avait quelque chose, oui : *Les Dames du bois de Boulogne* et *Le Procès de Jeanne d'Arc*, mais il pensa que cela ennuierait Dorothy.

« Tu ne préfères pas un western : *Rio Bravo* ou *L'homme qui tua Liberty Valance* ?

– Pas de western ce soir, Charlie.

– *My Fair Lady* ?

– Ça doit être démodé, non ?

– Pas du tout, c'est un chef-d'œuvre.

– Ce soir, je ne veux pas de chef-d'œuvre ! »

Il lui proposa une comédie méconnue d'Henri Decoin, *Battement de cœur*, tournée en 1938, avec Danielle Darrieux éblouissante de grâce, d'espièglerie et d'intelligence en apprentie voleuse à la tire.

« Ah ! c'est en noir et blanc », lui dit-elle avec désappointement.

L'observation était irréfutable. Il se garda de la commenter.

Au milieu du film, elle se leva et le quitta.

« J'ai sommeil », dit-elle.

Il en fut triste, il n'en fut pas étonné.

JEUDI 7 OCTOBRE 2010

Toma dépassa le quai d'Anjou, traversa la rue Saint-Louis et contourna le petit pavillon d'angle qui l'amusait toujours car il ressemblait à une maison de poupées.

À sept heures trente du matin, il n'y avait pas beaucoup de circulation boulevard Henri-IV. Les portes du square Barye étaient encore fermées.

Une lumière blanche d'automne se posait sur l'île, une lumière tiède et pâle, comme après un lendemain de fête, mais quelle fête ?

D'un geste machinal, Toma plongea la main dans la poche de son pantalon pour se saisir de la clef du rideau métallique du garage. L'attendaient à l'intérieur deux voitures que leurs propriétaires récupéreraient en fin de matinée : une Citroën C 3 et une Audi Quattro, pour vidanges, vérification des niveaux, des plaquettes de frein et de la pression des pneus.

Il se sentait un peu distrait, comme après un lendemain de fête lui aussi. Il ne prêtait aucune attention au spectacle de la ville. Il n'avait pas revu Dorothy depuis le lundi. Elle avait eu raison, ce film *Night and Day* était idiot. Il aurait mieux fait de plaquer ses copains et de dîner avec elle. Depuis trois jours même, il ne s'en consolait pas.

Toma marchait sans bruit. Il était à vingt mètres du garage. C'est alors qu'il vit cette tache sombre, cette masse sombre plutôt devant les piquets métalliques bruns couronnés d'une petite boule blanche qui, sur le trottoir, balisaient l'accès des voitures à l'atelier du garage.

Il s'arrêta.

II devina un homme penché sur un autre homme, et qui se releva, croisa le regard de Toma, bondit, s'enfuit en courant par le pont Sully après l'avoir bousculé.

Toma hésita à le poursuivre.

Tout allait trop vite, sans qu'il y comprît rien.

Il regarda l'homme qui s'enfuyait puis se retourna vers celui qui était resté sur l'asphalte. Du sang s'écoulait de son visage, de son cou. Un blessé, un cadavre déjà, qui sait, inerte. Il fit un pas vers lui.

Le corps eut un soubresaut.

Toma s'approcha encore.

Un soubresaut, et puis rien.

Jeudi 7 octobre 2010

Du coin de l'œil, Toma devina un autobus de l'autre côté de la chaussée, qui redémarrait après l'arrêt du square Barye.

Il bondit, traversa le boulevard, agita les bras comme un fou, il était fou, le cœur à tout rompre, il ne savait même plus ce qu'il faisait, il bloqua le passage de l'autobus qui s'arrêta, alors que le fuyard disparaissait, silhouette grise, uniforme et pâle elle aussi, vers le quai des Célestins.

« Un médecin, un médecin, et la police, il faut la police ! », hurla-t-il à l'intention du conducteur et de la douzaine de passagers du 87, et c'était ridicule bien entendu parce qu'on se demande ce que la police ou une autorité policière aurait fait à bord de l'autobus 87 en direction de la Bastille et de la gare de Lyon, mais peu importe !

Un homme descendit tout de même à son appel alors que le conducteur de l'autobus appelait sa base par radio avant de redémarrer.

Toma précéda l'homme vers le corps inerte sur le trottoir. L'autre se pencha, examina la blessure, souleva la tête de la victime, lui prit le pouls.

« Il est mort, constata-t-il.

– Mais à l'instant il… », tenta de dire Toma.

L'homme composa un numéro sur son téléphone portable.

Toma ne put s'empêcher de regarder de nouveau la victime allongée, autour de qui la mare de sang s'élargissait, il vit ses yeux exorbités et sa main droite crispée, ramenée vers le cou comme pour se protéger, mais de quoi ? Ce corps avait cessé d'être celui d'un homme, c'était de nouveau une masse, une masse sombre sur le trottoir, un cadavre qui n'était plus rien, le simulacre d'un homme, d'une vie, et seul le sang vivait, brillait, s'écoulait encore un peu, seul le sang existait ou bougeait, avant de ne plus exister lui non plus, tache de couleur dans cette matinée grise et tiède d'octobre…

Toma fut pris de nausée. Il vomit contre un platane du boulevard, et il n'avait plus rien à régurgiter qu'il était encore saisi de spasmes, et les larmes jaillissaient de ses yeux à chaque convulsion.

Il finit par se redresser, s'essuya les yeux avec les poings, mais il resta à l'écart du corps ensanglanté, appuyé au rideau métallique du garage qu'il ne songeait plus à relever.

« La police arrive, lui dit l'homme. J'ai fait le 17. Je m'en souvenais. »

Toma hocha la tête.

« Une chance, ajouta l'homme.

– Pour qui ? »

Toma s'accroupit contre le rideau. Il se força à respirer lentement, à reprendre ses esprits.

Puis il entendit la sirène d'une voiture qui se rapprochait.

Il se releva, rouvrit les yeux.

D'une Renault Mégane qui avait emprunté le couloir d'autobus du boulevard Henri-IV à contresens de la circulation principale sortirent deux policiers en uniforme et deux en civil.

« C'est vous qui avez téléphoné ? lui demanda l'un des civils.

– Non. »

Toma lui indiqua le médecin – était-ce un médecin ? – qui s'entretenait déjà avec un agent en uniforme.

« Qu'est-ce qui s'est passé ? continua l'agent en civil à l'adresse de Toma.

– Je… Je ne sais pas. Un homme s'est redressé, je tournais le coin, il m'a bousculé et… et l'autre, lui, il était là, il ne bougeait plus, un peu quand même, et puis… »

L'autre agent en civil raccrocha son portable, rejoignit son collègue et interrompit le témoignage de Toma.

« On fige la scène du crime. Le procureur est prévenu par le commissariat. La brigade criminelle ne devrait pas tarder. Une ambulance aussi.

– Je sais, comme d'habitude ! »

Puis, à l'intention de Toma :

« Ne bougez pas ! »

Comme si Toma avait l'intention de bouger, de s'enfuir !

« Je… je travaille là. »

Il montra le garage qu'il n'avait même pas eu le courage et l'initiative d'ouvrir.

La tête lui tournait.

Il aperçut les deux agents en uniforme qui disposaient les cônes de plastique rouge et blanc autour du cadavre, tiraient des rubans autour des cônes et des arbres.

« Je… je peux m'asseoir ? »

Toma montra la Mégane ; il ne voulait pas tomber dans les pommes.

L'un des agents en civil s'approcha de lui.

« Qu'est-ce que vous avez au bras ?

– Rien, pourquoi ? »

Il regarda tout de même son bras, sa manche droite. Sa veste de toile kaki avait été tailladée, à l'horizontale, et du sang l'imprégnait. C'est alors qu'il ressentit la brûlure. Il en fut étonné. Comme si cette blessure ne lui appartenait pas, comme si cette brûlure ne lui appartenait pas davantage – une douleur qu'il éprouvait en quelque sorte à la place d'un autre.

« L'ambulance arrive, on va s'occuper de vous. Venez ! »

Il s'assit dans la voiture et ferma les yeux.

Combien de temps ? Dix minutes ? Une demi-heure ?

« Monsieur ! »

Un infirmier le prenait par le bras.

« Suivez-moi ! »

Il rouvrit les yeux, le suivit.

D'autres voitures de police étaient arrivées, garées sur le terre-plein devant le garage. Il aperçut une ambulance, gyrophare allumé.

Toma distingua aussi des gens sur le trottoir, derrière le périmètre de sécurité, que la police maintenait à l'écart. Il reconnut parmi eux le propriétaire de la boutique voisine d'articles de pêche.

On le fit asseoir dans l'ambulance, sur une banquette. Il retira sa veste, sa chemise imbibée de sang. Il ne tenait pas à regarder la blessure. Les voix de l'infirmier et du médecin lui suffisaient.

« Ce n'est rien ! Une coupure bien nette, bien propre, pas trop profonde. Mais ça saigne toujours pas mal, à cet endroit-là. »

On lui versa sur l'avant-bras un liquide brunâtre, désinfectant, avant de lui appliquer une compresse.

« On dirait une incision, comme avec un cutter, dit encore le médecin. Dans quelques jours, vous n'y penserez plus. Surveillez tout de même ça ! »

L'infirmier l'aida à sortir de l'ambulance.

La vie redémarrait comme un nouvel épisode d'une série télé. Avec des lumières enfin. Les gyrophares qui tournoyaient. Les uniformes. Les rubans de plastique rouge et blanc qui entouraient la scène.

Un homme s'approcha de lui. Un nouveau policier en civil, un membre de la brigade criminelle, sans doute, qui déclina son nom, lui tendit un insigne que, bien entendu, il ne songea même pas à regarder.

« Bon, on va tout reprendre à zéro », lui dit cet homme.

Et Toma recommença son récit.

Son interlocuteur le pressait de questions : comment était-il, le fuyard, l'agresseur ? Grand, petit ? Son âge ?

Toma ne l'avait pas vu, il n'avait pas eu le temps.

« Il portait un costume brun ?

– Non, pourquoi ?

– Vous avez parlé à mon collègue, tout à l'heure, d'une masse brune.

– L'impression, oui, mais je crois que son costume était plutôt gris.

– Gris, donc.

– J'ai croisé son regard.

– Un regard comment ? Des yeux gris, eux aussi ?

– J'ai juste vu le regard… la peur, je ne sais pas. »

Comment Toma aurait-il pu leur expliquer qu'un regard n'a rien à voir avec les yeux. On les admire parfois, les yeux, on les détaille, on s'y plonge, on s'en délecte, on s'en détourne. Un regard, ça n'est pas les yeux, ce sont les sentiments que projettent les yeux par-devant eux, sur un écran, comme l'encre d'une pieuvre. Il n'avait pas discerné les yeux du fuyard, du criminel, sans doute, mais il avait été frappé par la peur, l'urgence, la folie panique, l'hallucination du regard de cet homme entr'aperçu une fraction de seconde, avant qu'il ne le bousculât et ne s'enfuît.

« Si vous me permettez, dit-il au policier, je dois téléphoner à… au patron du garage. »

L'autre eut un geste fataliste.

Toma joignit Treizeur, lui expliqua du mieux qu'il put ce qui venait de se passer.

« J'arrive », lui dit le garagiste.

L'autre témoin, le médecin de l'autobus 87, quitta les lieux. Toma le vit regagner son arrêt d'autobus. Le policier qui l'avait interrogé rejoignit Toma et son collègue.

« Vous êtes sûr que l'homme qui s'est enfui n'était pas arabe, maghrébin ?

– Je ne crois pas, non.

– Un égorgement par-derrière, le « sourire kabyle »…, renchérit en ricanant le premier, celui qui l'avait interrogé.

– Et il tenait une arme à la main, un couteau, un poignard ?

– Rien d'aussi gros. Non, je l'aurais vu. Je…

– Et la victime, vous la connaissiez ?

– Je ne l'ai pas bien vue. »

Le premier policier le reconduisit devant le cadavre resté sur place, que masquait simplement une couverture qu'il souleva.

Toma fit un effort pour regarder ce visage qui était de cire maintenant, et cette croûte de sang, sous le menton, autour du buste, sur la chemise, partout, du sang qui n'était déjà plus du sang – et non, non, il ne savait pas de qui il s'agissait !

« Vous êtes sûr ?

– Je ne crois pas qu'il habitait l'île Saint-Louis.

– Pourquoi ?

– On se connaît plus ou moins dans l'île. On se croise. On s'habitue les uns aux autres, aux visages.

– Vous habitez aussi l'île Saint-Louis ?

– Oui.

– Je peux voir vos papiers ?

– Oui. »

Toma sortit son portefeuille, sa carte d'identité polonaise.

« Toma Gachawski, c'est vous ? »

Évidemment que c'était lui. Il hocha la tête.

Le policier releva son identité, son adresse.

« La Pologne, ça n'est pas exactement la Kabylie, non, commenta-t-il, mais les Polonais aussi sont violents de nature, n'est-ce pas ?

– Surtout quand ils boivent », ajouta son collègue.

Toma ne répondit rien. Comme si les policiers parlaient non pas de lui mais d'un inconnu.

Il était encore sous le choc.

« Et votre numéro de portable ? », lui demanda l'un des agents en lui rendant ses papiers.

Toma, machinalement, le lui donna.

Il aperçut Treizeur qui s'approchait après avoir parlementé avec un agent qui bloquait le périmètre de sécurité.

« Robert Treizeur, je possède ce garage, là, et M. Toma Gachawski est mon employé, dit-il aux policiers.

– On avait compris. »

Puis, se tournant vers Toma, d'un ton soucieux et tendre qui surprit les deux membres de la brigade criminelle :

« Tu as été blessé ?

– Ce n'est rien, intervint le premier policier.

– Mais il ferait bien de voir son médecin, ajouta le second. On ne sait jamais avec les infections. Faut surveiller. »

Toma avait toujours l'impression qu'on parlait de quelqu'un d'autre.

« C'est grave ? leur demanda Treizeur.

– Non, une coupure, sans doute de rasoir ou de cutter, la lame qui a dû servir à égorger le type là-bas.

– Pour le voler ?

– Sans doute. On n'a trouvé sur lui aucun papier, aucun portefeuille, rien. Vous le connaissez, vous ? »

Les collaborateurs de l'identité judiciaire, survenus entre-temps, achevaient de prendre leurs clichés.

Treizeur s'approcha du corps, encadré par les policiers.

« Non », leur dit-il.

Des brancardiers retirèrent le cadavre, le glissèrent à bord de l'ambulance.

Ne resta plus sur le trottoir que sa découpe à la craie.

« Je ne crois pas qu'il habitait l'île, précisa Treizeur.

– Vous aussi ! »

Les flics s'éloignèrent. Ils allaient commencer leur enquête de terrain. Les gens des immeubles avoisinants : s'ils n'avaient rien vu, rien entendu, rien remarqué...

Treizeur s'approcha de Toma.

« Va trouver le Dr Berebbi de ma part, dis-lui que c'est urgent.

– Rue Jacques-Cœur ?

– Oui, au 4, et reste te reposer pour la journée, je ne veux plus te voir.

– Mais...

– Je m'occuperai de la C 3 et de l'Audi Quattro. »

*

Une heure plus tard, ce crime avait cessé d'être un crime pour devenir un récit, et ce cadavre un cadavre pour devenir un personnage, objet de toutes les conversations.

En un mot, l'île Saint-Louis frissonna.

Chez le boucher Gardil, chez le glacier Berthillon, au café Le Louis IX qui, pour beaucoup d'habitants de l'île, restait encore le Café des sports avant qu'il n'eût été vendu et rebaptisé, devant la boulangerie Martin, au bureau de poste et au marchand de tabac de la rue des Deux-Ponts, chez Colette Guez, la pharmacienne, et jusqu'aux deux jeunes femmes à l'accent du Sud-Ouest qui tenaient la boutique de foie gras Lafitte, à l'autre bout de l'île, rue Jean-du-Bellay, partout, dans les rues, les immeubles, on ne parla que de ça. Tout simplement parce qu'il n'y avait plus rien à voir et donc tout à raconter.

Robert Treizeur, de son côté, s'occupa de la Citroën C 3 avant de se consacrer à l'Audi. Il pouvait travailler presque sans y penser. Mais il se sentait vieux, il avait passé l'âge de la retraite et souhaitait se retirer dans le Berry, à La Châtre où sa famille, depuis plusieurs générations, possédait une maison qui surplombait la vallée de l'Indre.

À midi, Toma le rejoignit. Il était sorti de chez le médecin, il était passé quai de Bourbon pour changer de chemise, enfiler un chandail. Il tournait en rond, il n'arrivait pas à se reposer. Autant revenir sur les lieux du crime. Autant travailler – ou s'y efforcer.

Lui, il n'avait pas besoin qu'on lui racontât quoi que ce soit. Il avait vu. Mais qu'avait-il vu ? Il n'avait rien eu le temps de voir. On regarde toujours trop tard. On ne se persuade jamais de ce que l'on regarde. L'inattendu, l'accidentel vous échappent. On ne voit que ce que l'on prévoit. Le reste est jeu de l'esprit, mensonge et reconstitution. Impossible de visionner au ralenti ce dont on a été le spectateur une première fois. A-t-on jamais rencontré un témoin digne de confiance ? Ses illusions l'emportent sur sa sincérité. Il les confond.

Treizeur évita de reparler du crime à Toma. D'évidence, celui-ci n'y était pas encore disposé. Il n'avait pas encore *reconstitué* la scène. Il ne s'était pas rassuré. Sous le choc, il restait muet. Autrement dit, il ne se mentait pas à lui-même.

Pauvre Toma aux yeux clairs, plus écarquillés que jamais, et qui se demandait pourquoi tout cela lui était tombé dessus ! De sa haute taille, il posait d'ordinaire sur la ville et sur ses proches un regard étonné, étranger, curieux. Les autres pouvaient être emportés par l'orage, pouvaient manifester contre l'âge de la retraite, pouvaient être victimes des boues rouges qui polluaient le Danube comme il l'avait vu la veille à la télé, mais pas lui. Sa nature était de se pencher vers ses proches, de les secourir parfois tout comme il réparait leurs voitures, mais certainement pas d'être lui-même atteint.

« Qu'est-ce que t'a dit le Dr Berebbi ? demanda Treizeur.

– Bah ! Rien… J'étais en règle pour le tétanos. Il a examiné la plaie qui n'est pas trop profonde. Tout va bien ! »

Toma eut ce petit rire du rescapé qui ne comprend pas encore ce à quoi il a réchappé, qui ne le comprendra sans doute jamais parce qu'il n'y a rien à comprendre, ou trop d'incertitudes pour le savoir, trop de milliers et de milliers de pièces qui lui manqueront pour assembler le vrai puzzle de la vie. Plus tard, encore une fois, il se fera un tableau, son tableau de l'épisode, et ce sera le sien, et il ne correspondra à rien d'autre.

« C'est tout ?

– Il m'a tout de même prescrit des antibiotiques et un calmant.

– Il a raison. Quel calmant ? »

Toma sortit de sa poche son ordonnance.

« Je n'arrive pas à lire, mais le pharmacien saura. »

De nouveau Toma se contraignait à plaisanter, à se persuader que la vie pouvait relever aussi de la plaisanterie, et il ajouta :

« Le docteur veut que je fasse une prise de sang, quand j'aurai le temps.

– C'est sage, lui dit Treizeur.

– Pourquoi ?

– Le cutter, si c'était un cutter, était peut-être infecté. Le Dr Berebbi ne veut jamais courir le moindre risque.

– Il y a des risques ?

– Même si les risques sont pratiquement nuls. »

Peut-être le Dr Berebbi pensait-il à une contamination au sida, se dit Treizeur, mais il garda cette réflexion pour lui-même.

Un quart d'heure après le retour de Toma, une camionnette de FR 3 se gara devant la pompe à essence, sur le trottoir. Deux hommes en descendirent, qui s'entretinrent avec Treizeur. D'un signe de la main, celui-ci leur désigna le fond de l'atelier où Toma vidangeait le réservoir d'huile de l'Audi Quattro. L'un d'eux revint vers la camionnette, s'empara d'une caméra vidéo, puis les deux hommes s'approchèrent de Toma, l'invitèrent à les suivre sur le trottoir, à la lumière du jour, là même où il avait vu l'assassin en fuite.

Qu'avait-il vu en vérité ? Qu'avait-il fait ?

Devant la caméra et le micro des deux journalistes, Toma s'efforça de se montrer un peu plus cohérent que devant la police. Il parla de l'homme, l'assassin, qui s'était redressé, qui l'avait regardé avec des yeux fixes…

« Des yeux dilatés ? lui demanda le journaliste intervieweur.

– Non, je ne sais pas s'ils étaient dilatés. »

Toma poursuivit, leur expliqua avec ses mots simples, son débit saccadé, son accent plus rond, plus accentué que le nôtre, que l'assassin avait bondi, agile comme un singe (il sourit, il était heureux de cette expression qu'il avait retenu des leçons de Madeleine Lemonnier), qu'il l'avait bousculé, qu'il l'avait blessé au bras et lui-même ne s'en était pas rendu compte, l'assassin s'était enfui, il courait et lui n'avait rien eu le temps de faire…

Toma commençait à remettre en ordre et à emboîter les pauvres, les rares pièces de son puzzle, à les présenter au micro, à jouer son rôle, mais ces yeux fixes dont il parlait avaient-ils été si fixes que ça ? Et l'agilité de l'assassin ? Toma disait tout naturellement « l'assassin », mais ce n'était pas un assassin qui s'était redressé, qui l'avait bousculé et avait pris le large, c'était un homme, un homme quelconque. Plus tard seulement, bien plus tard, une seconde ou deux secondes plus tard, il s'était rendu compte qu'il pouvait s'agir d'un assassin quand il avait aperçu pour la première fois la victime qui n'était pas même une victime ni même un homme mais avait été une masse par terre, plus tard donc, quand il avait vu le corps et pris conscience qu'il s'agissait d'un corps, le soubresaut du corps, les yeux vitreux, une ou deux secondes plus tard donc, il fut pris de panique, il avait traversé la chaussée, arrêté l'autobus 87, mais maintenant, devant les deux journalistes de France 3, la victime était d'emblée une victime, l'assassin un assassin, chaque élément s'emboîtait au suivant, tout reprenait son sens...

L'interview allait s'achever quand le propriétaire de la C 3 vint récupérer son véhicule. Il jeta un coup d'œil en coin à Toma et à l'équipe de télé. Il n'était au courant de rien. La nouvelle n'avait pas encore franchi la Seine et lui, il habitait rue Charles-V. Il se demanda distraitement ce qui justifiait la transformation du mécanicien-assistant du garage en une personnalité médiatique mais il ne posa aucune question, paya ce qu'il devait au patron, monta dans son véhicule et disparut avec le flot des voitures sur le pont Sully, vers la rive droite, le continent.

Les deux journalistes, leur interview achevée, rangèrent leur matériel et démarrèrent à leur tour. Ils avaient à préparer et à monter leur reportage. Deux minutes peut-être au journal d'Île-de-France de 19 heures, et qui sait si leur sujet ne serait pas repris dans les éditions nationales ? Cela ne dépendait pas d'eux. Ce qui dépendait d'eux, en revanche, c'était de dramatiser, de rajouter des couleurs plus vives ou plus sombres au pauvre puzzle de Toma, de contribuer en somme à la grande et tragique illusion de l'actualité.

Le portable de Toma sonna.

Le lieutenant Gérard Hoffmann, de la brigade criminelle, lui demanda de passer Quai des Orfèvres pour compléter et signer sa déposition, dans l'après-midi, à partir de quinze heures, dès qu'il pourrait.

Il accepta. Il n'avait pas le choix.

Il referma son portable. Son cœur se serra. Un sentiment d'angoisse et presque de culpabilité le submergea. Ce qu'il avait raconté aux journalistes de France 3 pourrait lui servir de répétition pour mieux s'exprimer tout à l'heure devant la police, pensa-t-il, mais, bien entendu, il ne lui vint pas une seconde à l'idée qu'il pourrait enjoliver ou noircir quoi que ce soit. Le propre d'un témoin, ce n'est pas de dire n'importe quoi mais d'abord d'être sincère – et Toma s'efforcerait de l'être, il se contenterait spontanément de combler quelques vides, de mettre un peu de cohérence dans l'incompréhensible désordre de la vie...

Chez Toma, cette angoisse, ce sentiment de peur et de culpabilité face à toutes les autorités, à plus forte raison devant la police, venaient de loin.

Quand il était arrivé en France, à l'âge de dix-huit ans, il n'avait aucun permis de séjour, il avait travaillé sans pouvoir être déclaré. Madeleine Lemonnier et Charles l'avaient aidé à décrocher l'aide médicale d'État. En Pologne, il se faisait oublier, car il craignait d'être obligé de faire là-bas son service militaire.

« Ce serait une affreuse perte de temps, mon petit Toma », lui répétait Madeleine Lemonnier qui était une vieille dame aux sentiments antimilitaristes prononcés.

Il avait si peur d'être contraint de regagner son pays !

« Mais non, reprenait-elle, vous ne craignez rien, vous êtes un Européen, la Pologne fait partie de l'Europe, maintenant, les flics n'iront rien vous demander, vous êtes comme eux, et même un peu mieux qu'eux. »

Elle gloussait, mais il n'en avait pas moins cette peur chevillée en lui dès qu'il avait affaire aux représentants de l'État. Encore maintenant, alors que sa situation s'était régularisée, qu'il payait ses impôts, qu'il avait sa carte de Sécurité sociale, il gardait cette mentalité de l'étranger qui peut à chaque instant être renvoyé ou accusé de tous les maux.

« Qu'est-ce que je vais leur dire, aux policiers, tout à l'heure ?

– La vérité, lui répondit Treizeur.

– Mais je ne sais pas vraiment ce…

– Ce que tu as vu ?

– Oui, non… enfin, c'est compliqué.

– La vérité, c'est compliqué, philosopha Treizeur.

– On dirait que… que c'est simple, pour eux, la police, et…

– Si on allait déjeuner, mon vieux Toma ? Je t'invite.

– Mais… mais le garage ?

– On ferme. Le garage attendra.

– Et l'Audi Quattro ?

– Elle attendra, elle aussi. »

Treizeur se mit à rire.

Toma ferma l'alimentation électrique des pompes et tira le rideau métallique.

*

Charles déjeunait à L'Escale, seul comme il lui arrivait souvent.

Il les aperçut qui poussaient la porte vitrée : Robert Treizeur petit, les épaules rentrées, les cheveux gris et dégarnis et il était difficile de penser qu'il avait été le gardien de but vedette dans l'équipe junior du Red Star au tournant des années cinquante et soixante, et Toma si grand, qui aurait pu de son côté s'illustrer comme deuxième ligne de rugby mais qui, à sa connaissance, ne pratiquait aucun sport.

La table voisine était libre.

Il leur fit signe.

Treizeur hocha la tête, salua Charles et se glissa à côté de lui, dos au mur. Toma s'installa en face, un peu de biais pour allonger ses jambes d'un côté du pied de table.

« Il y a de l'aligot », leur dit Charles.

Toma regarda les deux hommes avec ses yeux si clairs, si étonnés. Il ne savait pas ce que c'était que l'aligot. Il ne soupçonnait pas non plus qu'un homme, qu'un avocat comme Charles Ballanche pût connaître le garagiste du boulevard Henri-IV. Plus tard, il apprendrait que les deux hommes avaient été ensemble à l'école Massillon, en face de l'île et du métro Sully-Morland, après s'être connus dans les petites classes du cours Saint-Louis, rue de Bretonvilliers, qu'ils étaient tous deux des enfants de l'île, de la même génération, et que cette complicité en valait bien d'autres, même s'ils se fréquentaient peu d'habitude.

« De l'aligot, c'est parfait, dit Treizeur.

– Et toi, Toma ? lui demanda Charles.

– Je ne sais pas. Je n'ai pas très faim.

– Je comprends.

– Mais tu devrais essayer l'aligot, insista Treizeur.

– C'est... c'est quoi, l'aligot ?

– De la purée de pomme de terre que l'on fait chauffer, en y glissant des lamelles de cantal frais qui se mettent à fondre...

– Mais en mieux, en beaucoup mieux ! précisa Charles.

– Avec de l'ail et, parfois, de la crème », ajouta Treizeur.

Le visage de Toma, comme celui d'une marionnette, se tournait successivement vers les deux hommes, ces deux complices qui se donnaient la réplique et qui l'étourdissaient.

« Mais ici, à L'Escale, le cuisinier renonce à l'ail, précisa lugubrement Charles.

– Et c'est dommage.

– Il y a des clients que l'ail doit faire fuir, surtout à midi.

– Ils ont tort, précisa Treizeur.

– Oui, ils ont tort. Après tout, personne ne les oblige à commander de l'aligot. J'ai demandé qu'on m'ajoute de l'ail en fin de cuisson.

– Ça te tente, l'aligot ? demanda Treizeur à Toma qui haussa les épaules et se força à sourire.

– Je ne sais pas. »

Le garagiste appela Christelle, toujours en mouvement, toujours souriante, toujours agile (comment faisait-elle pour être d'une humeur et d'une vitesse à ce point constantes ?) et lui commanda deux andouillettes avec de l'aligot, et une carafe de morgon.

« Tu es au courant, demanda-t-il à Charles alors que Christelle avait déjà disparu vers la minuscule cuisine de L'Escale et que Valérie, la patronne, servait quelques clients au bar en se retournant parfois pour jeter un coup d'œil à Toma si mal à l'aise, là, devant sa table en Formica, ses grandes jambes jetées d'un côté.

– Qui, dans l'île Saint-Louis, n'est pas au courant ?

– Toma va tout à l'heure Quai des Orfèvres pour signer sa déposition. On lui a demandé de passer.

– La routine. »

Toma les écoutait sans dissimuler son inquiétude.

« C'est quoi, la routine ?

– Ce qui est normal, habituel. Ne t'en fais pas Toma ! », le rassura Treizeur.

Le jeune Polonais haussa les épaules. Comme si ce qu'il avait vécu était normal, habituel !

« Vous avez de ces mots, vous ! »

Charles lui sourit, lui posa la main sur l'épaule pour le réconforter, lui dire son amitié.

Toma avait raison. Rien n'était normal. Un nouvel égorgement dans l'île Saint-Louis, et mortel celui-ci ! Que se passait-il donc ?

Le monde était tragique ? La belle affaire ! Qui l'ignorait ? Les pessimistes se persuadaient que le monde devenait de plus en plus tragique, les optimistes de moins en moins, et ces deux croyances étaient équitablement stupides puisqu'elles tendaient à nier, si l'on peut dire, la *constance de tragique*, cette fonction de l'humanité comme on dirait en mathématiques, sa constance de violence, sa constance d'écartèlement entre les illusions qui font vivre et la mort qui triomphe.

Aux yeux de Charles, l'île Saint-Louis avait du moins le mérite d'éloigner pour un temps le tragique de la vie, parce qu'elle se résignait à vivre sans illusions, sans écartèlement, sans déchirement, parce que l'île somnolait, que ses habitants somnolaient eux aussi et que c'était bien là la principale raison, avouée ou inconsciente, qui les avait poussés à s'y installer : ils s'y sentaient protégés. La somnolence est un état dépourvu de tragique, sans illusion et donc sans espoir, un tiède état d'attente entre veille et sommeil, vie et mort, où tout se met en suspens, où l'on ne s'agite plus pour réussir ou guérir, pour combattre, pour assassiner ou défiler en faveur de la retraite à soixante ans, à cinquante ans ou dès la naissance ! Tout cela, il fallait le laisser aux grands boulevards, aux hôpitaux, aux ministères, aux banlieues, aux prisons, aux tribunaux, aux déserts de l'Afrique subsaharienne où l'on enlevait des otages, à l'Irak ou au Pakistan où se multipliaient les attentats-suicides, là où les hommes vivent, souffrent, combattent, travaillent, complotent, exécutent d'autres hommes, là où le monde affirme la constance de son état tragique.

Pour l'île Saint-Louis, encore une fois, non ! Il s'agissait d'un territoire réservé aux heureux du monde. Ou aux désabusés du monde, aux retirés du monde. L'île Saint-Louis était devenue un luxe. Un luxe inouï, parfois. L'hôtel Lambert avait été acheté à prix d'or par un prince du Qatar qui, par l'entremise d'un architecte courtisan, s'apprêtait à le faire restaurer et à le défigurer pour y vivre peut-être deux ou trois semaines par an, à l'écart des puits de pétrole et des convulsions de l'actualité. Mais ce luxe, à cette exception près, ne se voulait pas tapageur, n'entendait rien prouver, n'avait jamais rien voulu claironner. C'était un luxe de silence : le seul, le véritable, le profond et irréfutable luxe que constitue le silence, qui vous met à l'écart des revendications, des insolences, des violences, des amplificateurs, des caissons de basses et des mots d'ordre hurlés partout dans le monde. Et ce luxe dont Charles avait eu le privilège de bénéficier depuis sa naissance n'était pas réservé aux seuls émirs arabes, aux stars de cinéma, aux banquiers florissants, aux prospecteurs de pétrole comme son voisin du troisième étage ou aux familles texanes qui s'y étaient installés. Non, ce luxe, les habitants de l'île aux revenus plus modestes (ils étaient hélas ! de moins en moins nombreux à vivre là, à tenir bon face aux convoitises immobilières) continuaient d'en bénéficier, ils se tenaient à l'écart de la tragédie et, peut-être, de la vie tout court.

C'est dire si Charles ne supportait pas ce crime dont le pauvre Toma avait été le témoin, s'il s'en sentait affecté.

« Tu te souviens de Mai 68 ? demanda-t-il à brûle-pourpoint à Treizeur.

– C'est loin tout ça ! », soupira le garagiste, surpris d'une telle question.

Il n'était pas étudiant, lui, à l'époque. Il n'était pas ouvrier en usine. Il n'avait pas joué à la révolution en dressant des barricades rue Soufflot ou en cessant le travail pour améliorer son pouvoir d'achat. Il était déjà le collaborateur de son père, au garage, il apprenait la mécanique, même si le garage se consacrait de moins en moins à la mécanique et se contentait d'assurer les travaux d'entretien.

Pourquoi Charles lui parlait-il de ce temps-là ?

« Oui, c'est loin, reprit ce dernier. Mai 68 a toujours été loin de notre île. À peine si nos parents s'en sont rendu compte…

– Tout de même.

– Dans leur vie quotidienne, je veux dire. Pourtant on était à quelques centaines de mètres de la Sorbonne, hein ? Toutes les révolutions sont passées à côté de l'île Saint-Louis.

– Moi, je veux bien, lui dit Treizeur que les idées générales ou les conversations abstraites mettaient vite mal à l'aise ou dans un état d'infériorité face à des gens comme Charles Ballanche, mais il n'empêche que les défilés, les manifs, la Techno Parade, la Gay Pride, on y a droit boulevard Henri-IV, devant le garage !

– Ça ne fait que passer, ça effleure l'île, la pointe de l'île, ça la balaie, ça ne s'y arrête pas : un coup de plumeau, rien ! »

Treizeur ne comprenait pas très bien où voulait en venir Charles, ce qu'il ressentait.

« Je crois que je vais y aller, les interrompit Toma qui ne les écoutait pas et avait à peine goûté l'aligot que Christelle leur avait servi.

– Prends un peu de forces, lui dit le garagiste en rapprochant l'assiette du bord de la table, vers Toma.

– J'ai besoin de forces à ce point là ? »

Toma se força à rire. Il fit tourner autour de sa fourchette la purée d'aligot qui s'étirait, il regarda ce ruban caoutchouteux avec la plus intense perplexité, puis il avala une bouchée.

« On a toujours besoin de forces, lui dit Charles. Pour se souvenir ou pour oublier.

– Devant les flics, tu n'as qu'à te souvenir, ça sera mieux. Allez, courage, Toma ! », insista Treizeur.

Toma se coupa aussi un morceau d'andouillette, mais non, il n'avait pas faim, il ne pouvait rien avaler, il avait toujours cette vision de l'homme inerte sur le trottoir, ce soubresaut qu'il avait eu et puis rien, les yeux, les yeux fixes, et le sang tout autour, qui coulait, qui bougeait... Il se leva, déplia ses longues jambes. Il sentit la blessure à son bras.

« Pardonnez-moi », murmura-t-il avec son pauvre sourire avant de les quitter.

À L'Escale, l'heure de pointe était passée. Il n'y avait plus que cinq ou six personnes qui faisaient traîner leur repas. Dehors, le ciel s'assombrissait. Il allait pleuvoir.

Valérie s'approcha d'eux.

« Tout s'est bien passé ?

– Parfait, l'aligot, dit Treizeur.

– À part l'ail ou plutôt l'absence d'ail, ajouta Charles.

– Je sais », dit-elle.

Elle retira l'assiette à peine entamée de Toma.

« Il n'avait pas très faim, expliqua Treizeur.

– Apparemment.

– C'est lui qui a vu le type égorgé, ce matin, il a même été un peu blessé », insista-t-il.

Valérie regarda l'assiette qu'elle tenait à la main avec de la considération et presque de l'émotion, comme si le garçon avait déjà fait preuve d'un sacré courage pour commander un tel plat.

« Il a filé pour signer sa déposition à la police, précisa Charles.

– Le pauvre », commenta-t-elle encore avant de regagner son comptoir.

Pourquoi Charles avait-il évoqué Mai 68 devant Treizeur ? Il se le demandait le premier. Peut-être parce que les turbulences de ce mois-là n'avaient pas inquiété l'île, mais que ce crime, qui survenait après l'agression dont avait déjà été victime un passant, dix jours plus tôt, rue Saint-Louis, menaçait cette fois sa quiétude. Il espérait faire partager ce sentiment ou cette peur à son ami de toujours. À qui d'autre aurait-il pu se confier ?

Leur île avait-elle cessé d'être un abri possible pour les heureux du monde, pour ceux qui se sentaient fatigués de vivre, qui préféraient somnoler et attendre ? Encore une fois, à ceux qui voulaient agir, gagner de l'argent, combattre, prendre des risques et se dissiper, était réservée la ville. Il n'y avait qu'à franchir la Seine. En Mai 68, Charles, qui avait fini ses études de droit et revenait du service militaire, avait traîné du côté de la Sorbonne et du théâtre de l'Odéon, il avait assisté à des assemblées générales, observé avec perplexité les agissements de ceux que l'on surnommait les Katangais, il était un fils de bourgeois, un privilégié qui se grisait d'illusions libertaires ; mais, le soir, il regagnait le quai de Bourbon, et le temps s'arrêtait, la révolution cessait de tourner.

Dans l'île, il n'y avait pas de barricades qui tenaient ni de CRS qui s'aventuraient. Les nuits étaient calmes, lagunaires. L'île s'était retranchée du progrès depuis quelques siècles. Inutile d'en soulever les pavés pour y chercher la plage. Avec ses hôtels particuliers, son église au clocher de pierre ajouré que l'on appelait un clocher polonais, allez savoir pourquoi, avec ses cours arborées où paressaient des chats, ses berges où s'attardaient encore des pêcheurs à la ligne, son Café des sports où personne ne faisait de sport, l'île était déjà en soi une plage, un lieu de farniente au sens le plus littéral du mot. Personne n'y faisait rien. Rien ne s'y passait, ne s'était jamais passé...

« J'ai été approché par des agents commerciaux de Renault, lui dit Treizeur. Ils me proposent une sorte de franchise pour mon garage avec les centres de diagnostic, le matériel informatique et tout le toutim. »

Charles sursauta et s'amusa de l'expression « tout le toutim » qui relevait d'un autre temps, d'un temps où, à sa connaissance, on ne se faisait pas encore égorger sur les trottoirs de l'île...

« Qu'est-ce que tu en penses ? ajouta Treizeur.

– Je... je ne connais pas bien juridiquement ce type de partenariat, lui dit Charles qui tardait à reprendre pied dans le présent.

– D'un autre côté, je songe à vendre.

– Et cette franchise donnerait de la valeur à ton fonds ?

– Pas sûr. Et puis il y a Toma. Tu penses qu'il serait possible de faire garantir son emploi, si je vendais ?

– Difficile. Si tu vends ton commerce, tu le vends, tu en abandonnes la gestion.

– Évidemment. »

Charles se leva.

« Tiens-moi au courant avant de signer quoi que ce soit.

– Promis !

– Je l'aime bien, moi aussi, ce garçon. »

Treizeur se leva à son tour et se rendit directement au comptoir.

Il insista pour inviter Charles.

Par le quai de Béthune, les deux hommes se rapprochèrent du garage.

Charles n'était pas pressé. Un tour d'île lui ferait du bien. L'aligot et l'andouillette n'étaient tout de même pas si faciles à digérer, même à l'aide d'une carafe de morgon.

Sur le trottoir du boulevard Henri-IV, il vit la découpe du corps dessinée à la craie. La pluie commençait à tomber. La craie allait se dissoudre. Comme le sang se diluer, disparaître. Mais cette découpe n'en émut pas moins Charles, lui sembla plus éloquente que le cadavre qu'il n'avait pas vu mais qu'il pouvait se représenter.

Il avait déjà vu des morts, il n'avait rien éprouvé de particulier devant eux, sinon l'horreur commune. Ils étaient à la fois trop singuliers et trop indéchiffrables, alors que cette découpe à la craie s'offrait comme un signe, un rappel. Elle était éloquente, elle attirait à elle tous les morts, tous les assassins, tous les innocents, tous les anonymes, elle se présentait là comme une absence, comme un grand vide que l'imagination seule pouvait combler. Le corps, le véritable corps du malheureux qui avait été égorgé ce matin-là, ne renvoyait qu'à lui-même, il limitait, il réduisait ou étouffait le sentiment de compassion. Cette découpe à la craie au contraire élargissait, dilatait cette compassion, comme si pouvait s'y engouffrer et s'y exprimer à la fois toute la souffrance du monde.

Charles salua Treizeur, le remercia encore pour le déjeuner.

Il contourna la trace à la craie.

La pluie se fit plus drue.

Il hâta le pas.

Des ouvriers continuaient de dresser des échafaudages contre les façades de l'hôtel Lambert.

Charles avait appris que les travaux dureraient au moins trois ans et il plaignit les riverains qui en subiraient si longtemps les secousses et les nuisances.

Brusquement, il cessa de pleuvoir.

Charles ralentit le pas.

Le quai d'Anjou !

Il pensa à tous ceux qui avaient habité là, qu'il avait connus et croisés, ou dont il avait entendu parler. Sans convoquer les lointaines apparitions de Voltaire, de Chopin et Mickiewicz à l'hôtel Lambert, d'Honoré Daumier un peu plus loin, de Baudelaire à l'hôtel de Lauzun, il retrouva la présence de Chagall qu'il apercevait, à l'heure du petit déjeuner, au comptoir du Café des sports, ou, plus tard dans la journée, dans la librairie L'Étrave que tenait son amie Nicole Chardaire, laquelle n'avait pas encore épousé Pierre Murr ; il se souvint de cet écrivain totalement oublié, T'Sterstevens, mort il y avait trente ans, dont il aurait été bien en peine de citer un seul titre, mais dont il savait qu'il avait été proche de Blaise Cendrars et de Pierre Mac Orlan ; il songea encore à Haroun Tazieff qui lui avait remis un jour à la Sorbonne sa médaille de champion d'Académie de fleuret dans la catégorie cadet.

Tous, ils étaient morts, ils étaient devenus des fantômes de l'île Saint-Louis – cette île peuplée de fantômes, car les fantômes ne pouvaient s'y échapper, ils y étaient prisonniers volontaires, l'eau les retenait : les fantômes ne franchissent jamais les ponts. Dans une ville, ils se dispersent au contraire, ils se perdent, ne retrouvent plus leur chemin car leur chemin aussi a disparu. Parfois, tout de même, aux façades des maisons s'accrochent des plaques commémoratives mais ces plaques-là ne retiennent rien. À peine les voit-on. Un ravalement les efface. Les fantômes sont fidèles aux lieux où ils ont vécu, où ils sont encore aimés, où rien ne les perturbe. Les fantômes sont paisibles, ils n'aiment pas les morts violentes.

Charles n'imaginait pas de fantômes boulevard Henri-IV, devant le petit square et le garage Saint-Louis. L'homme égorgé ne serait jamais un fantôme de l'île mais peut-être contribuerait-il à épouvanter les fantômes qui s'y sentaient à leur aise, et c'était là pour lui un sujet d'inquiétude.

*

Tard dans la soirée, Charles reçut un coup de fil de Jean Lefaur. Avait-il téléphoné à Véra Michalski, comme il s'y était engagé ? Non, il n'avait pas téléphoné, pas encore, demain sans faute, lui répondit-il.

À sa surprise, Lefaur ne protesta pas, il se contenta de répéter d'une voix éteinte :

« Demain donc.

– Oui, demain, c'est moi qui t'appellerai pour te tenir au courant. »

Lefaur resta silencieux à l'autre bout de la ligne.

Charles s'en étonna.

« Tu m'entends ?

– Oui.

– Tout va bien ?

– Non, pas du tout. »

Et il raccrocha.

VENDREDI 8 OCTOBRE 2010

Ce furent d'abord des cris, des invectives, des bruits de pas qui dévalaient des étages supérieurs et résonnaient dans la cage d'escalier, lui parvenant, assourdis par la porte de son appartement. Ils lui semblèrent plus étranges ou, curieusement, plus tonitruants que les sirènes des pompiers ou de la police sur la voie sur berge ou que les exclamations des éboueurs, le vrombissement de leur benne qui démarrait, freinait, et repartait, le matin à l'aube sur le quai, et qui si souvent le réveillait.

Un homme et une femme s'apostrophaient. Ils étaient parvenus au bas des marches.

Charles crut reconnaître la voix chaude de son neveu et celle, plus aiguë, plus vert pomme, de Dorothy.

Qu'est-ce que Marc fichait ici à neuf heures du matin ?

Charles entrouvrit la porte du palier, pas très fier de lui. On n'est jamais très fier d'écouter aux portes. Qu'il s'agisse de surprendre les membres de sa famille ne change rien à l'affaire, au contraire.

« Tu m'emmerdes, tu comprends, tu m'emmerdes ! »

C'était la voix de Dorothy.

« Et toi alors, tu crois que… »

La voix de Marc, aucun doute désormais, la voix de Marc, son neveu, qui avait quitté Londres et était venu chez lui, dans son immeuble, rejoindre sa fiancée comme il disait, le nigaud, et qui n'avait même pas songé à le prévenir de sa venue et à le saluer.

« Mais je ne crois rien. C'est toi qui… qui t'imagines que… »

Pauvre Dorothy, suffoquée d'indignation – ou qui jouait avec tant de conviction de ce registre-là !

Et Marc ? Jouait-il ?

« Qu'est-ce que j'imagine ? Peu importe ! Qu'est-ce que j'espère, qu'est-ce que j'espérais ? Que tu rentres à Londres avec moi, que tu tiennes tes promesses. Tu vois comme je suis naïf ! Je croyais à tes promesses.

– Quelles promesses ? Il n'y a pas de promesse. Je ne fais jamais de promesses. Je ne signe pas de contrats. Je ne souscris à rien. Je suis libre, tu entends, libre ? Je ne suis pas un… un formulaire de banque !

– Tu dis n'importe quoi. »

Pauvre Marc, déconcerté par les invraisemblables métaphores de Dorothy qui poursuivait de plus belle :

« Oui, pour l'instant, ma vie est à Paris, elle n'est pas… elle n'est pas dans un formulaire de banque.

– Un formulaire de banque, au moins, tient sa parole.

– Parlons-en de la parole des banques ! Les banquiers sont tous des canailles. Ça fait un moment qu'on le sait, non ?

– Ça t'amuse de dire des imbécillités ou de chercher à être drôle ?

– C'est toi qui me fais rire.

– Ça t'amuse, de rester ici, dans ce pays décadent qui manifeste pour un oui ou un non et qui ne veut rien foutre ? Ah elle est belle, ta vie, parlons-en !

– Tais-toi !

– Tu me consternes, tu es minable ! Ciao ! »

Marc claqua la porte vitrée qui, de la cage d'escalier, donnait sous la voûte, si fort, si rageusement même que Charles entendit une vitre se détacher et se fracasser sur le carrelage en mille morceaux, un ruissellement de verre brisé, assez guilleret, qui précéda de peu le claquement sourd de la porte cochère, et puis plus rien ou si, peut-être, une sorte de reniflement ou de sanglot, comme une ombre ou un écho de la scène qui venait de se jouer.

Charles sortit de chez lui et il n'oublia pas de prendre ses clefs pour éviter de se retrouver à la porte.

Dorothy était assise sur la première marche, un mouchoir à la main, le nez rouge. Devant elle, le brillant des morceaux de vitre qu'elle ne voyait pas, qu'elle ne remarquait pas. Elle se tamponnait les yeux. Elle reniflait encore.

« Salut Charlie », dit-elle sans se retourner, d'un ton indifférent.

De sa loge, Mme Pereira s'avança jusqu'à la porte, pour évaluer les dégâts.

« Il faudrait », dit-elle…

Charles savait ce qu'elle allait dire : il faudrait prévenir le syndic de l'immeuble pour faire procéder à la réparation, et comme Charles était membre du conseil syndical, c'était à lui de…

« Ne vous inquiétez pas, madame Pereira. Je me charge de tout… Si vous pouviez simplement… »

Il lui montra les bris de verre éparpillés, au pied de l'escalier. Elle regagna sa loge pour chercher un balai, une pelle, et il l'entendit qui grommelait :

« A-t-on idée tout de même… »

A-t-on idée de quoi ? De casser un carreau ? Personne n'a jamais l'idée de casser un carreau, sauf à la rigueur un cambrioleur pour une effraction, ou un clown pour son numéro de cirque. De se mettre en colère, de s'insulter, de perdre son sang-froid ? Mais cela, ce ne sont pas des idées, c'est le contraire même des idées, des réflexions, des médiations, de l'intelligence. C'est le triomphe de l'instant, de l'instinct, de l'impatience, des caprices et de la violence, quand reculent précisément les idées. Charles n'allait pas expliquer cela à Mme Pereira qui était dans sa loge ni à Dorothy qui se relevait, reniflait encore une fois et s'apprêtait à remonter l'escalier, l'orage passé et sans doute en passe d'être oublié.

Était-ce là le propre de la jeunesse ou bien de l'époque, ces poussées instantanées de colère, cette façon de perdre son sang-froid et de le recouvrer avec la même facilité qu'à enfiler un tee-shirt ou à changer de jeans ou d'amant ? Voilà bien les questions que se posait Charles, des questions de vieux, il en avait conscience. Était-ce pour autant de mauvaises questions ?

Il ne s'habituait pas à un tel *zapping* des sentiments, à de tels accès de rage suivis parfois de tels excès de réconciliation, à une telle impatience, à de tels soubresauts dans les comportements. Ce n'était pas d'aujourd'hui que les couples se déchiraient, se jetaient de la vaisselle à la tête et parfois s'entre-tuaient. Mais précisément, voilà, ils s'entretuaient autrefois, ils allaient jusque-là avec méthode ou préméditation, ils s'approchaient du gouffre, il leur arrivait d'y tomber, mais il y avait eu d'abord une lente, une inexorable exacerbation de l'affrontement, avec ses étapes qu'il ne fallait pas brusquer, de la discussion à la dispute, de la dispute à la vaisselle cassée, de l'ennui à l'exaspération, avec toutes les variantes possibles. Non, on ne se hâtait pas, on prenait son temps, on dégustait même ce temps, avant d'aller jusqu'au crime ou au divorce. Aujourd'hui, à la moindre contrariété, Charles en avait été mille fois le témoin, tout s'embrasait, tout explosait chez les plus jeunes, et tout redevenait, dans l'instant qui suivait, silencieux sinon apaisé, prostré sinon désarmé.

Bien entendu, cette violence en général n'était qu'une façon de suppléer à l'incapacité de s'exprimer, de connaître son vocabulaire. Pouvait-on pour autant le dire de Dorothy et de Marc qui étaient des bourgeois, des fils de bourgeois, qui avaient suivi des études, qui avaient passé des examens, qui s'installaient dans la vie comme des possédants, de futurs manipulateurs de symboles, et non pas des victimes, des manipulés soumis aux tentations que la société leur faisait miroiter ?

Devrait-on plus volontiers parler à leur sujet de caprices propres aux enfants gâtés ? Non, les enfants gâtés n'étaient pas une singularité des temps modernes. Que comprendre alors ? Charles n'avait pas de réponse. Il se demanda simplement si cette impatience rageuse dont venaient de faire preuve Marc et Dorothy n'était pas le symptôme de cette solitude quasi autiste d'une génération élevée devant ses écrans d'ordinateur, habituée à dialoguer avec des amis virtuels, à couper la communication d'un simple clic, à voir le monde ou plutôt les images du monde se ruer jusqu'à eux dès qu'ils en formulaient le souhait, et à s'en retirer avec autant de facilité. Les rugosités de la vie, ils n'en avaient pas l'expérience. Les contacts entre eux étaient intermittents, les échanges réduits aux SMS. Leurs angoisses – et ces angoisses-là étaient réelles – ne pouvaient plus être surmontées par de patientes négociations. La patience, non, ne servait plus à rien. Leur curriculum vitae, ils les envoyaient par Internet. Rien ne *s'incarnait* face à eux.

La veille, à la dernière séance, Charles avait vu, au cinéma UGC Danton, le film de David Fincher inspiré par la vie du créateur du réseau social Facebook. Il en était sorti assez triste. Ce monde-là n'était pas le sien. Il n'en possédait pas les codes d'accès et, de toute façon, il lui semblait pitoyable : il n'était que de voir l'incapacité du jeune Zuckerberg (avait-il bien retenu le nom ?), étudiant surdoué de Harvard, aux réactions d'une vitesse stupéfiante, à nouer une relation attentive avec sa petite amie, ou à perdre son temps avec elle. Pour Charles, perdre son temps était le début de la sagesse, et perdre son temps ensemble, la promesse d'une relation amoureuse durable. Cet art-là, le futur Mister Facebook l'ignorait. La fille avait eu l'intelligence ou la maturité de le comprendre et par conséquent de rompre. Sans doute aurait-elle aimé, toute étudiante de Harvard qu'elle était, perdre son temps en compagnie d'un garçon. Et lui, l'homme de la vitesse, de la rage, de l'impatience, tapotait rageusement, le soir de leur rupture, une vengeance minable sur le réseau informatique de leur université. L'idée de Facebook surgirait de là. De cette crise de colère, de ce *zapping* des sentiments, de cette animosité fébrile qui pouvait aussi vite retomber.

Marc et Dorothy étaient-ils des adeptes de Facebook ? Charles l'ignorait. Ils en étaient à tout le moins les symptômes. Ils en avaient les impatiences. Leurs amis étaient virtuels. Tout crépitait dès qu'ils se retrouvaient physiquement en présence l'un de l'autre. Ils n'étaient pas programmés pour cela.

« Qu'est-ce que tu fais, Charlie ? »

Dorothy était déjà à mi-étage.

Charles revint vers elle, alors que Mme Pereira regroupait avec sa balayette les éclats de verre avant de les pousser dans la pelle.

« Ne vous en faites pas, madame Pereira, j'appelle tout de suite la société Vitréclair, ils sont très efficaces.

– Oh ! Je ne m'en fais pas. Pourquoi voulez-vous que je m'en fasse ? »

Elle bougonna. Elle n'était pas de la génération Facebook, elle ne se mettait pas en colère pour un oui, pour un non, elle préférait bougonner plutôt que claquer les portes comme les gamins d'aujourd'hui.

Dorothy attendit Charles sur le palier du premier. Elle renifla une dernière fois, ses yeux étaient encore congestionnés, mais elle avait recouvré son calme ou mieux, son aplomb, de même qu'elle recouvrerait dans un instant sa pâleur de demoiselle anglaise.

En un mot, elle s'était reprogrammée.

« Marc est impossible, commenta-t-elle.

– J'ignorais qu'il était à Paris, il aurait pu tout de même…

– Bien sûr qu'il aurait pu ! Il a débarqué hier avant minuit. Sans prévenir. J'étais là. Heureusement que j'étais là.

– Et seule ! »

Elle se mit à rire. De la remarque de Charles. De la situation. Comme si cela avait été en effet une chance pour Marc mais pas pour elle qui se fichait totalement d'avoir été seule ou non, chez elle, la veille au soir.

« C'est un voyou », dit-elle avec une forme d'accablement espiègle, presque indulgent.

Charles s'amusa de cette remarque, de la façon dont Dorothy prononçait le mot « voyou » qui s'arrondissait autour de ses lèvres et y devenait une sucrerie. Lui n'aurait jamais prononcé « voyou » de cette façon-là, le mot dans sa bouche n'aurait pas ressemblé à une sucrerie. Reste que Marc, voyou ou pas, aurait pu tout de même avoir la courtoisie de sonner à sa porte et de venir le saluer.

Pour autant, Charles ne regrettait pas de l'avoir manqué. Il n'avait jamais établi de contacts chaleureux avec lui. Sa mère, la jeune sœur de Charles, avait épousé un marchand de vin de Libourne, elle s'était installée là-bas, elle y était restée après son divorce, et lui-même n'avait jamais rencontré Marc que deux ou trois fois par an, pas davantage. Il le revoyait, un jour de Noël, l'année de son bac, planté devant sa bibliothèque, un exemplaire du *Rouge et le Noir* à la main, avant de se tourner vers lui pour lui demander :

« Bon, en deux mots, Stendhal, c'est quoi ? »

Charles l'avait regardé avec une stupeur affligée. Non pas l'effroi de celui qui sait face à celui qui ne sait pas, plutôt l'accablement de l'homme de culture qui doute face au barbare qui ignore l'exacte étendue de son ignorance et se persuade que deux mots suffiront à combler ses lacunes dans des domaines aussi frivoles que la littérature. Charles n'avait rien répondu. Il avait remis le livre en place, c'est tout.

À l'instant, lui, dans l'escalier, préférait à tout prendre s'entretenir avec Dorothy, qui avait une façon si délectable ou sucrée de prononcer le mot « voyou », plutôt qu'avec Marc qui, depuis lors, ne s'était rendu compte de son existence que pour lui demander service.

« Voyou ou pas, dit-il à Dorothy d'un air détaché, ce n'était tout de même pas difficile pour lui de sonner à ma porte.

– Si, c'était difficile.

– Ah bon ?

– C'était difficile, dans l'état où il était, obligé de repartir tout seul.

– Mais quel état ? Je me fiche de vos querelles !

– Il veut toujours avoir raison, imposer ses volontés aux autres, même en hurlant. De quoi aurait-il eu l'air devant toi ?

– Je ne sais pas. D'un crétin, peut-être. »

Dorothy sourit.

« D'un crétin, tu crois ?

– Sans doute, mais au bout du compte, je préfère les crétins aux voyous. »

Elle reprit son ascension vers son studio.

Il la suivit, dépassa son propre palier.

Dorothy se retourna, surprise de le trouver sur ses talons, presque inquiète comme si elle allait devoir faire face à l'oncle après avoir affronté le neveu.

« Donc tu restes ici, quai de Bourbon ? » lui dit-il.

Elle était deux marches au-dessus, elle le dominait du haut de sa jeunesse et de son assurance, ses yeux de citronnier encore enfllammés de colère et qui, de ce fait, avaient presque retrouvé leur convergence normale.

« Je reste… Tu m'avais bien dit que…

– Oui je t'avais dit que, pour moi, il n'y avait aucune difficulté… »

Il hésita un instant avant d'ajouter comme un aveu ou une forme de déclaration, mais de quoi ?

« Au contraire. »

Elle refit un pas vers lui, une marche, mais, de toute façon, elle ne serait jamais à sa hauteur, jamais !

« Je ne sais pas si tu le sais, Charlie, mais je viens de trouver un nouveau job.

– Première nouvelle.

– J'ai fait la connaissance d'une fille, Rebecca Byers, une Américaine.

– Et qu'est-ce qu'elle fait, cette Américaine ?

– Elle travaille chez Plon, l'éditeur, elle a été nommée Foreign Rights Manager. »

À la façon dont elle avait prononcé cette fonction avec son irréprochable accent britannique, Dorothy donna à Charles l'impression qu'elle était remontée de deux marches, qu'elle le dominait du haut de ce Foreign Rights Manager qui claquait comme Foreign Office, ou peu s'en fallait.

« Tu veux dire qu'elle s'occupe des cessions de droits pour l'étranger ?

– On peut dire ça comme ça, admit-elle. Et je l'aide pour sa correspondance, ses contacts avec les éditeurs de Londres, de New York… Je remplace l'une de ses collaboratrices, qui est enceinte.

– Donc tu ne rentres pas avec Marc.

– Pas pour l'instant.

– Et il est furieux.

– Pour l'instant.

– Et c'est un voyou.

– Pour l'instant. »

Dorothy se mit de nouveau à sourire. Elle avait oublié sa dispute avec Marc, leurs insultes, le carreau cassé. Elle s'était *réinitialisée* pour l'aimer de loin, virtuellement. Tout avait été effacé du programme précédent, de leur nuit et de leur façon de se quitter.

« J'ai oublié quelque chose », lui dit-elle soudain, et elle grimpa quatre à quatre vers son studio.

*

Dans l'après-midi, Charles téléphona à Véra Michalski qu'il joignit à son bureau.

Il appréciait cette femme secrète ou timide peut-être, obstinée, qui avait construit un groupe éditorial, Libella, avec des ramifications en Suisse, en Russie et en Pologne d'où son mari était originaire. Ils s'étaient retrouvés à plusieurs occasions chez des amis communs. Elle lui avait demandé conseil sur des points de droit concernant des cessions pour un livre collectif qu'elle avait publié afin de venir en aide aux enfants en attente d'adoption. Ils s'entendaient à mi-mot. Il aimait les gens qui comprennent à mi-mot, qui saisissent les phrases au bond, à qui le souffle ou la vitesse des mots suffit, avant qu'ils ne retombent sur terre.

D'expérience, Charles répugnait à croire Jean Lefaur. Cet à-valoir trop généreux pour une traduction de George Meredith lui semblait douteux mais il devait s'en assurer. Il n'avait que trop traîné.

« Je ne connais pas ce M. Jean Lefaur, lui dit-elle d'emblée.

– Il m'a parlé d'une avance de cinq mille euros qui lui aurait été promise.

– Par qui ?

– Par vous.

– C'est une plaisanterie ?

– Pas du tout, hélas !… Ou promis peut-être par Buchet-Chastel ou Phébus. Lefaur était assez confus.

– Je me renseignerai, Charles. Comptez sur moi ! »

LUNDI 11 OCTOBRE 2010

En fin d'après-midi, avant de regagner son domicile, Charles acheta *Le Monde* au Tabac de la rue des Deux-Ponts. Après avoir tourné à droite devant le cabaret du Franc-Pinot, il distingua au loin, quai de Bourbon, une voiture de pompier qui déboîtait et filait, sirène hurlante, vers le pont Louis-Philippe.

Mme Pereira restait plantée sur le trottoir, à suivre la voiture des yeux et aussi des oreilles, alors que celle-ci avait déjà gagné la rive droite, emprunté le quai de l'Hôtel-de-Ville et disparu du côté du quai des Célestins, inaudible aussi désormais.

« Pauvre Mme Lemonnier, soupira-t-elle à l'intention de Charles, parvenu à sa hauteur.

– Vous voulez dire que… ?

– Je l'ai trouvée par terre, devant sa salle de bains. Heureusement que j'ai moi aussi un double de ses clefs, comme M. Toma. J'avais beau sonner, elle ne répondait pas. Ce n'était pas normal. Son courrier était devant sa porte depuis le matin. J'ai appelé les pompiers.

– Vous avez très bien fait.

– Ils n'ont pas mis cinq minutes pour venir.

– Et c'est grave ?

– Une fracture de la hanche, du fémur, quelque chose qui s'est déboîté en tout cas. Moi, je cherchais ses papiers, sa carte Vitale…

– Et les pompiers l'ont conduite où ?

– Ils ont parlé de La Pitié. »

Charles s'apprêtait à regagner son appartement.

La gardienne insista :

« Si vous pouviez, vous… »

Elle lui tendit les clefs de Mme Lemonnier.

Il la regarda sans comprendre.

« … Si vous pouviez trouver ses papiers…

– Mais comment je saurais…

– Vous devez avoir l'habitude ! »

Il prit les clefs.

Que voulait dire Teresa Pereira ? Il avait l'habitude de quoi ? De farfouiller chez les vieilles dames, de s'emparer de leurs porte-monnaie, de flairer les caches où elles recélaient leurs pièces d'or ? Ou alors l'habitude de vivre dans les beaux appartements de l'île, d'y avoir ses aises, de savoir de naissance, par privilège ou par culture, où une femme comme Madeleine Lemonnier rangeait ses documents administratifs ?

Elle habitait au deuxième, un étage divisé en deux logements, l'un occupé par elle, l'autre par un couple du Texas qui y passait tout au plus deux ou trois semaines par an.

Il pénétra chez la vieille dame.

Non, il n'avait pas du tout l'habitude de pénétrer chez les gens, en leur absence.

L'appartement n'exhalait nullement de ces relents acides et lourds des logements où s'empoussièrent des linges moisis, des souvenirs fermentés, mais, au contraire, des parfums à la fois nostalgiques et guillerets de muguet d'abord, d'amidon, de vieux cuir, de santal – parfums qui étaient comme des regrets de parfum, de ceux que l'on chérit au même titre que les années perdues, ces tendres odeurs d'autrefois dont on entretient la mémoire –, mais pour combien de temps ?

De la salle de séjour qui seule donnait sur le quai, Charles fut surpris de dominer à ce point la Seine. Il suffit d'un seul étage pour que changent les perspectives aussi bien que les habitudes.

Il s'approcha d'un petit bureau à cylindre, contre le mur de gauche en entrant. Il ouvrit un tiroir. Un autre. Un bloc de papier à lettres, des cartes postales reçues, des crayons, des enveloppes, mais aucun portefeuille, aucun document administratif. Il inspecta à droite et à gauche, ouvrit les battants d'un buffet à deux corps dont la partie supérieure, un vaisselier, abritait une collection de barbotines dont les couleurs chaudes et assourdies dégageaient ce charme ou cette mélancolie de la vieillesse, comme pour rappeler le temps où les assiettes en barbotine étaient à la mode, dans des intérieurs bourgeois où les jeunes filles se parfumaient au muguet.

Découragé, il s'approcha du fauteuil, de l'unique fauteuil de la pièce, un voltaire en acajou tapissé d'un velours bleu pétrole qui s'était éclairci avec la patine et que surmontait une têtière de coton blanc brodée, piquée au tissu par des épingles. Il alla s'asseoir là, face à la fenêtre, il regarda passer un ou deux bateaux-mouches, il soupira, il déplia *Le Monde* qu'il avait gardé dans sa poche, en balaya les gros titres.

En première page, Gallimard avait consacré un encart publicitaire à l'écrivain Mario Vargas Llosa qui venait de recevoir le Nobel de littérature, alors que la rédaction du quotidien titrait en page douze : « Pékin cache le Nobel de la paix Liu Xiabo aux Chinois ». Un Nobel s'affichait en somme, un autre était contraint de rester dans l'ombre. Pour le reste, les journalistes du *Monde* s'inquiétaient des risques de radicalisation entre les syndicats et l'Élysée dans le conflit sur les retraites. Le lendemain, la nouvelle journée de grèves et de manifestations serait sans doute très suivie en France. Charles, lui, resterait dans l'île. À l'abri de l'île.

Il ferma les yeux et peut-être qu'il s'assoupit quelques minutes.

Quand il releva les paupières, il vit Toma devant lui qui avait aussi *Le Monde* à la main pour sa lecture du soir à Madeleine Lemonnier et qui le dominait, de très haut, Toma dont la stupéfaction se manifestait par ses yeux plus ronds encore, plus écarquillés que d'habitude, qui se passait la main dans les cheveux et le regardait encore.

« Mais qu'est-ce qui se passe, hein, monsieur Ballanche ? murmura-t-il. Qu'est-ce que vous faites là ? Et Mme Lemonnier ? Où est-elle ? »

Toma eut un petit rire, comme si l'apparition de Charles dans cet appartement était aussi saugrenue que la disparition de sa propriétaire.

Charles se redressa.

Son exemplaire du *Monde* glissa sur la moquette, et Toma se pencha pour le ramasser.

« Vous n'avez pas vu la gardienne, Toma ?

– Non, pourquoi ? »

Charles l'informa de la chute de Madeleine Lemonnier.

L'inquiétude de Toma l'émut, cette bonne inquiétude maladroite et agitée qui ne sait comment s'exprimer, un peu à la façon de ces fourmis qui processionnent et, se trouvant face à un obstacle, un caillou que l'on vient de poser sur leur passage, s'agitent, vont et viennent en tous sens avant d'établir un nouvel itinéraire – et Toma était l'une de ces fourmis-là, il allait et venait dans le salon de Madeleine Lemonnier.

« Je cherchais ses papiers d'identité, sa carte Vitale, pour l'hôpital, conclut Charles. Vous savez où elle les met ?

– Oui. »

Toma fila à la cuisine.

Charles l'y suivit.

Sans hésiter, Toma ouvrit le tiroir à côté de l'évier. Il en retira un casier cloisonné où Madeleine rangeait ses couverts. Dessous, il trouva son porte-monnaie et ses papiers.

« Quand je fais ses courses, le soir, elle va toujours là pour me remettre l'argent qu'il faut, se justifia-t-il.

– Merci, Toma.

– Mais qu'est-ce qu'on peut faire ? »

Charles l'invita chez lui, au premier.

À l'aide de son ordinateur, en quelques secondes, il trouva le numéro d'accueil de La Pitié-Salpêtrière. Il appela. On le fit attendre. Devant lui, les yeux toujours écarquillés, Toma se balançait d'un pied sur l'autre.

Charles enfin se trouva en ligne avec une infirmière. Il lui épela le nom de Madeleine Lemonnier et nota sur un Post-it les renseignements qu'on lui donnait.

« Merci mademoiselle ».

Et il raccrocha.

« Alors ? Tout va bien ?

– Oui, Toma, tout va bien.

– Mais tout va bien... comment ?

– Madeleine Lemonnier a été conduite au service de gériatrie du Pr Marc Verny, salle Jean Desbos, deuxième étage, chambre 33. Ça serait bien de lui apporter quelques affaires de toilette, sa carte Vitale et sa carte d'identité pour les formalités d'admission.

– C'est tout ce qu'ils ont dit, à l'hôpital ?

– Elle devrait été opérée demain. C'est le col du fémur. Il s'est fracturé. L'intervention est assez banale. »

Charles se releva, lui mit la main sur l'épaule.

« Il n'y a pas à s'inquiéter, Toma.

– Tout de même, à son âge.

– C'est précisément à son âge que ce genre d'accident arrive. »

Toma se dirigea vers l'entrée.

« Je vais lui apporter tout ça. Elle tient à son eau de toilette.

– Qui sent le muguet ?

– Je ne sais pas. »

Un coup de sonnette le fit sursauter alors qu'il se tenait juste derrière la porte. Il hésita. Charles le contourna pour ouvrir. Dorothy se tenait sur le paillasson, à peine étonnée de voir Toma et Charles en conversation.

« Salut Toma ! »

Elle l'embrassa sur les deux joues.

« *Diorissimo* », dit-elle encore.

Charles la regarda avec perplexité, Toma avec admiration.

« Eh bien quoi ? Qu'est-ce que j'ai dit de si drôle ? *Diorissimo*, le parfum de Madeleine Lemonnier. Vous parliez d'elle, non ? J'ai deviné derrière la porte. *Diorissimo*, impossible de se tromper ! »

Charles tendit à Toma le Post-it où il avait noté le téléphone de l'infirmière, le nom du service, de la salle, le numéro de la chambre.

« Tu sais où est la Pitié-Salpêtrière ?

– Pas vraiment.

– Au-dessus de la gare d'Austerlitz, boulevard de l'Hôpital, tu trouveras. Ou plutôt non, appelle un taxi !

– Mais...

– Tiens ! »

Il lui tendit un billet de vingt euros que Toma hésita à prendre.

« S'il te plaît, insista Charles, et merci pour tout. »

Il le prit par les épaules en signe de gratitude. Avec son Post-it et son billet de vingt euros à la main, le grand garçon le regarda d'un air étonné. Pourquoi Charles le remerciait-il ? Il ne rendait aucun service à Charles, il rendait service à une femme âgée qu'il aimait comme il aurait pu aimer sa grand-mère.

Il salua Charles et Dorothy d'un geste du bras, un peu maladroit, sans oser leur serrer la main, avant de remonter chez Madeleine Lemonnier pour prendre ses affaires et son *Diorissimo*.

Quand Charles eut refermé la porte derrière lui et fut revenu au salon, il trouva Dorothy déjà affalée sur le canapé, ses longues jambes étirées devant elle.

« Il y a du muguet dans *Diorissimo*, c'est bien connu, lui dit-elle avec désinvolture, ça m'a toujours étonné, entre nous, que la vieille dame du dessus se parfume avec ça, mais, après tout… »

Elle rit avec indulgence.

« C'est grave, ce qu'elle a ? » ajouta-t-elle.

Charles lui expliqua l'accident, l'hospitalisation, et Dorothy se rembrunit un peu, elle ramena ses jambes contre le canapé. Une ombre de gravité passa sur son visage.

« C'est quoi, le col du fémur ?

– Un os, dans la jambe, qui s'articule à la hanche ou qui s'y emboîte, si tu préfères.

– Oh tu sais, moi, je ne préfère rien. »

Elle éleva ses jambes au-dessus d'elle, elle les examina avec satisfaction, puis, du bout des pieds, décrocha ses ballerines qui tombèrent sur le parquet avant de plier ses jambes, les pieds nus sur le canapé, le menton appuyé sur ses genoux, soudain pensive mais d'une autre pensée, d'un autre nuage qui conférait un autre modelé à son visage.

Charles s'assit en face d'elle, de l'autre côté de la table basse. Il regarda Dorothy. Il ne s'ennuyait jamais à regarder Dorothy, les variations climatiques, les passages nuageux, les éclaircies, les humeurs, qui la transformaient. Comment pouvait-on être si jeune, se demandait-il.

Elle était née en quelle année ? En 1985 ou 1986, peut-être. Elle n'avait pas connu le mur de Berlin, ou si peu. Elle n'avait pas connu la Russie soviétique. Elle n'avait pas connu Margaret Thatcher. Les événements de mai 1968 devaient lui sembler aussi exotiques et inaccessibles que les croisades ou la guerre de Cent Ans. Elle ne serait jamais l'amie du vicomte de Bragelonne ni ne pleurerait à la mort de Porthos…

Charles repensa soudain à son père qui avait été un homme distrait, qui ne se voyait pas vieillir quand il était en présence de son fils et des amis de son fils, qui se croyait de plain-pied avec eux. Vous vous souvenez des Jeux olympiques de 1924 à Colombes, et de la victoire d'Abrahams au cent mètres ? leur disait-il. Charles et ses amis, ses amis surtout (Charles avait l'habitude) regardaient son père avec stupéfaction. Ils étaient nés seize ans plus tard. Son père se reprenait, comme s'il plaisantait, mais il n'avait pas plaisanté du tout ! Bien sûr, vous ne pouvez pas vous en souvenir, je sais ! J'avais à peu près votre âge en 1924, non, vous n'avez jamais entendu parler de la victoire d'Abrahams au cent mètres, ni de celle de Liddell au quatre cents, du triomphe des Anglais et des Américains dans presque toutes les disciplines. En effet, les amis de Charles n'en avaient jamais entendu parler. Les athlètes français avaient été nuls, comme d'habitude, ajoutait son père toujours amer, dégoûté de la France. Il y avait eu aussi les exploits de Paavo Nurmi, le Finlandais, au cinq mille mètres, non ? précisait tout de même Charles qui avait fini par retenir quelques bribes de ces Jeux olympiques auxquels son père, lycéen, avait assisté et dont il lui avait tant parlé... Mais rien à faire, les amis de Charles se fichaient éperdument de ces Jeux olympiques de 1924. Alors son père les laissait, il retrouvait son bureau, sa solitude, et eux reprenaient leurs discussions sérieuses...

Dorothy devant lui ! Pour un peu, il lui aurait parlé non pas des Jeux olympiques de 1924 mais de la guerre d'Algérie, de Mitterrand, de la nouvelle vague au cinéma, des films de François Truffaut, de Claude Sautet, comme s'il s'agissait de l'actualité, de la véritable actualité du cinéma, tout comme des Beatles, des Rolling Stones ou de Bob Dylan, *Blowin' In The Wind*, mais elle était née dans les années quatre-vingt, il n'y pouvait rien et, inconsciemment, pour Charles, il y avait comme une forme d'indécence et aussi de prodige à être née si tard et à être pourtant une adulte, une femme consciente de ses séductions, gainée par un jean qu'elle devait mettre trois heures à enfiler tant il la serrait, et qui maintenant, le menton posé sur ses mains, les mains appuyées sur ses genoux, le regardait en retour et s'interrogeait – une interrogation qui lui était indéchiffrable et le laissa affligé.

« Marc t'a téléphoné aujourd'hui ? lui demanda-t-il.

– Non, pourquoi ? Il aurait dû ?

– Et tu ne l'as pas appelé non plus ?

– Je ne suis pas pressée.

– Pauvre Marc.

– Tu crois vraiment qu'il est à plaindre ?

– Il est à plaindre parce qu'il est loin de toi, c'est simple, je peux le comprendre

– C'est gentil de dire ça, Charlie.

– Non, je...

– Marc attendra. J'ai besoin de réfléchir, tu comprends ? »

Il ne comprenait pas très bien la nature de ses réflexions, mais il n'insista pas.

Dorothy se leva, renfila ses ballerines.

« Nous aurions tous, en cherchant, de bonnes raisons de nous plaindre, n'est-ce pas Charlie ?

– Tu as sans doute raison. »

Dorothy le considéra avec tendresse.

Le téléphone sonna à cet instant. Charles hésita à répondre. La sonnerie s'interposait entre eux, les éloignait l'un de l'autre.

« Tu ne réponds pas, Charlie ?

– Si, si ! »

Il décrocha.

« Oui ?

– Charles ? C'est Véra Michalski.

– Oui, Véra, un instant. »

Il éloigna l'appareil.

Dorothy s'approcha de lui.

« Ah ! si Marc était comme toi, s'il était aussi gentil que toi », lui souffla-t-elle à l'oreille.

Elle s'éclipsa en coup de vent, et dans le sillage d'un coup de vent s'installe toujours un état dépressionnaire. Dorothy quitta la pièce, l'appartement, et il y eut un grand vide autour de Charles.

Il reprit l'appareil.

« Pardonnez-moi, Véra.

– Ce n'est rien. J'ai des nouvelles de votre Jean Lefaur et de sa prétendue traduction de George Meredith. Enfin, quand je dis des nouvelles…

– Vous êtes chez vous, quai aux Fleurs ? »

Véra Michalski resta un moment silencieuse.

« Oui, pourquoi ?

– Vous voulez prendre un verre avec moi, tout de suite, au Flore en l'Île par exemple, à mi-chemin ?

– Oui, c'est possible, je… je n'ai pas beaucoup de temps, mais…

– Très bien, on parlera de tout ça, je vous retrouve dans cinq minutes.

– C'est… c'est entendu. »

Charles n'en revenait pas de l'avoir brusquée de la sorte. Il n'avait pas l'habitude d'un comportement aussi cavalier, mais il tenait à sortir de chez lui, à échapper à cet état dépressif qui venait de lui tomber dessus.

Madeleine Lemonnier se parfumait au muguet *Diorissimo*. Quel était le parfum de Dorothy ? Elle n'avait pas de parfum. Les courants d'air n'ont pas de parfum. Ils balaient les parfums, les illusions, les sentiments, tout.

Il allait être vingt heures. La nuit tombait. Une bruine vernissait l'île Saint-Louis qui se mettait à ressembler au décor d'un film français d'avant-guerre, avec cette mélancolie des réverbères reflétés par les pavés et l'eau noire de la Seine.

Charles arriva le premier au Flore en l'Île, au coin du quai d'Orléans et de la rue Jean-du-Bellay, et s'installa tout au fond de la salle. Véra le rejoignit un instant plus tard.

« Personne, lui dit-elle d'emblée, n'a entendu parler chez nous d'un projet de nouvelle traduction de George Meredith.

– Pas même chez Phébus ?

– Pas même », insista-t-elle.

Un garçon s'approcha. Ils commandèrent deux jus de tomate.

La mythomanie de Lefaur ne pouvait surprendre Charles. Mais, en général, la mythomanie tord, agrandit, déforme ou flatte une réalité pour la rendre conforme aux désirs ou aux ambitions les plus déraisonnables, elle ne s'appuie pas sur rien. Un mythomane n'est pas un menteur, c'est un optimiste, un illusionniste, il se persuade que des colombes surgissent des chapeaux de ses interlocuteurs, s'envolent et illuminent leur ciel, mais il a bel et bien vu un chapeau.

« Curieux, dit-il. Je vous l'ai dit, je suis la proie de cet homme, Lefaur, qui…

– La seule explication possible, ce serait une sorte de conversation, une simple idée en l'air évoquée par votre Lefaur avec Simon Mayer.

– Mayer ne vous en a jamais parlé ?

– Non.

– Pourquoi ? »

Elle sourit.

« Mayer ne travaille plus pour nous, pour Buchet.

– Mais il était votre conseiller littéraire, non ?

– Il l'était… »

Elle n'insista pas.

Charles se souvenait de Simon Mayer. Il l'avait rencontré grâce à Nicole Chardaire au milieu des années soixante, avant que sa petite librairie L'Étrave, qui affichait dans sa vitrine des livres de Julien Gracq, Michel Leiris, James Joyce, Samuel Beckett, Maurice Blanchot ou John Cowper Powys, ne fermât ses portes, remplacée par une librairie de voyages où allaient très vite s'entasser des piles d'ouvrages anciens sur le Népal, la Patagonie ou le bush australien, comme pour relier contre toute logique l'île Saint-Louis immobile à la vogue baba cool des randonnées, des *Guides du Routard*, à cette vaine ambition du tourisme qui est la malédiction du monde moderne et qui persuade ses adeptes – qui sont aussi les prédateurs des autres cultures – que l'on peut changer d'âme dès lors que l'on change de ciel… Aujourd'hui, cette boutique vendait des masques aux touristes étrangers, des marionnettes grimaçantes venues du monde entier, et c'était encore pire…

« Mayer ne nous a laissé avant de partir aucune note, aucun dossier à propos d'une traduction de Meredith, on me l'aurait dit », reprit simplement Véra.

La première fois que Charles avait échangé quelques mots avec Mayer au cours d'une séance de signatures à L'Étrave, où Roland Dubillard dédicaçait sa pièce *La Maison d'os* qui venait de sortir chez Gallimard, il avait tout de suite été frappé par sa culture si vaste, son air désabusé, son ton persifleur face à la bêtise, au mauvais goût et à l'incuriosité de ses proches. Il y avait aussi de l'indolence chez ce garçon qui semblait déjà beaucoup plus soucieux de lire et d'observer la comédie littéraire que de s'y plonger et d'y trouver sa place avec résolution. Depuis lors, Mayer avait continué à lui donner l'impression d'un flâneur de la littérature, et c'est sans doute la raison pour laquelle il était passé avec désinvolture d'un éditeur à un autre, sans s'attarder.

« En effet, Mayer aurait pu parler à Lefaur de George Meredith, ça ne m'étonnerait pas, dit-il.

– Tu crois qu'on devrait rééditer *L'Égoïste* ?

– Je n'en ai aucune idée. Il faudrait que je le relise d'abord. »

Lundi 11 octobre 2010

Véra et lui parlèrent encore de choses et d'autres. De la rentrée littéraire. Du dernier roman de Michel Houellebecq à qui le prix Goncourt semblait promis, dont la complaisance narcissique dans la veulerie irritait Charles mais qui lui semblait si juste, par ailleurs, par sa peinture affligée de notre monde, de notre temps, cette forme d'hébétude surgie des grandes surfaces, des banlieues interchangeables, des nourritures fast-food, de la culture standardisée des chaînes de télé… Puis ils se quittèrent.

« Je suis encore désolé, Véra, de tout ce tracas, de cette perte de temps que je vous ai infligés.

– Non, non, ce n'est rien. »

Charles retrouva le quai de Bourbon.

La pluie continuait de tomber.

Il eut l'impression d'entendre des pas derrière lui, sur le trottoir. Il se retourna, le cœur battant un peu plus vite.

Il n'y avait personne.

JEUDI 14 OCTOBRE 2010

Devant sa porte l'attendait le courrier qu'il demandait à Mme Pereira de déposer sur le paillasson, sans sonner, sans le déranger.

Il en retira une enveloppe postée de Londres, siglée de la Royal Bank of Scotland, qui portait son nom tapé à la machine. C'était tout à fait le genre de Marc de dicter une lettre personnelle à sa secrétaire et de la faire envoyer par sa banque au lieu d'avoir la courtoisie de lui écrire au stylo – mais cette courtoisie existait-elle encore, cette époque plus patiente où l'on prenait la plume sans correcteurs automatiques d'orthographe, à ses risques et périls ?

Mon cher Charles,

Tu me pardonneras de ne pas t'avoir salué lors de mon passage éclair à Paris l'autre jour...

Il était bien sûr de lui avec son « Tu me pardonneras » péremptoire. Et s'il ne lui pardonnait pas ? Marc aurait mieux fait d'écrire « Je te prie de me pardonner de ne pas », etc.

... Je ne voulais pas te déranger et suis parti de très bonne heure le lendemain matin, et c'était, comme tu le sais,...

Ce toupet ! S'il n'avait pas voulu le déranger, il n'aurait pas hurlé dans l'escalier en compagnie de Dorothy, au risque de réveiller l'immeuble.

... une journée agitée avec toutes ces menaces de grèves et ces défilés qui paralysent l'économie de notre pays – et je dois te dire que ces mouvements sociaux font sourire les Londoniens que je fréquente et qui jugent notre pays incorrigible, incapable d'accomplir la moindre réforme.

Un pays incorrigible ? Qu'est-ce qu'il en savait, Marc ? Il ne vivait pas à Paris. Il vivait dans son monde, celui, fictif et frelaté, de la banque, à Londres. Il était coupé de toute réalité sociale. Il ne comprenait pas le profond malaise qui régnait en France, attisé par les médias sans doute, par la révélation des affaires et des scandales, mais cela ne changeait rien. Que connaissait-il de la précarité de la vie, des injustices croissantes, du chômage, de la fatigue de ce pays qu'il avait quitté ? Son président de la République semblait incarner – à tort ou à raison peu importe – ce culte de l'argent, ce toc, ce goût du show business, tout ce qui exaspérait des Français menacés par la crise. Le pauvre Marc était-il capable de mesurer la colère des manifestants ? N'y rien comprendre et ricaner témoignait de son assurance d'enfant ignorant et gâté.

Jeudi 14 octobre 2010

Tu as appris sans doute par Dorothy que nous avons eu quelques mots...

Ah ! Quelle admirable délicatesse de langage ! « Nous avons eu quelques mots », alors qu'ils se disputaient comme des chiffonniers !

C'est que je m'étonnais de sa présence encore à Paris, chez toi.

Comme si c'était lui, Marc, qui avait contraint Dorothy à rester ! Marc ne manquait pas d'aplomb. Après tout, s'il l'avait hébergée, c'était d'abord à sa propre demande.

Elle m'avait promis de rentrer à Londres. Sa famille aussi l'attendait, l'espérait.

L'idiot ! Il croyait donc encore aux promesses des femmes. Et qui espérait-il attendrir, avec la famille de Dorothy à Londres qui guettait, en larmes, le retour de l'enfant prodigue comme dans un roman feuilleton du XIXe siècle ? Dorothy, héroïne des *Deux Orphelines*. Idiot et désobligeant à la fois, un comble !

Je n'insiste pas.

Non, surtout, qu'il n'insiste pas !

Je tenais tout de même à te préciser que tout est fini entre elle et moi.

Enfin une bonne nouvelle ! Pour Marc, sans doute, et pour Dorothy. Seuls deux tempéraments forts, équilibrés, auraient pu se jauger, avoir l'intelligence des compromis et se satisfaire l'un de l'autre. Marc était trop rigide et trop faible à la fois, Dorothy trop impatiente, trop curieuse encore de la vie, trop heureuse d'exercer son pouvoir de séduction. Reste que rien n'était fini entre eux deux, contrairement à ce que Marc écrivait et croyait peut-être. La rage ou le dépit de cette lettre l'attestait. Dorothy de son côté, aussi impatiente, curieuse ou séductrice qu'elle fût, ne pouvait avoir rejeté Marc à jamais. Sa colère était à la mesure de son attachement.

Elle reprend sa liberté. L'a-t-elle jamais abandonnée du reste ?

Enfin une bonne question ! Dorothy était une jeune femme libre et Marc un incorrigible réactionnaire sous ses dehors de cadre supérieur et branché, qui croyait que, pour une liaison sérieuse, une « fiancée » devait plus ou moins renoncer à sa liberté, qu'elle devait ce sacrifice ou cette reddition à l'homme qui l'avait élue.

Du coup, ne te crois plus obligé à rien, par égard ou par affection familiale pour moi. Si tu as besoin de récupérer ton studio, n'hésite pas à le lui dire, elle comprendra très bien. Je lui ai écrit du reste à ce sujet. Dorothy a de la ressource. Je ne me fais pas de souci pour elle, ne t'en fais pas non plus.

Quel mufle, tout de même, et quel hypocrite par-dessus le marché ! Je t'en prie, fiche-la à la porte, ce sera bien fait pour elle, et fais-le de ma part, en plus ! Il n'y a pas de petites vengeances… Charles aurait préféré qu'il lui dise ça tout de go plutôt que de tourner autour du pot. Mais qu'est-ce qu'il croyait, Marc ? Qu'il allait chasser Dorothy illico, poser ses valises sur le palier, au prétexte qu'elle avait rompu avec lui ? Avait-elle du reste rompu avec lui ?

Enfin, tu feras au mieux, j'en suis sûr.

Il était bien aimable de le laisser agir à sa guise.

Tu as dû comprendre déjà que Dorothy savait se montrer très persuasive, mais ne me tiens pas rigueur, désormais, de son comportement chez toi.

Qu'est-ce qu'il voulait insinuer par là ? Qu'il se lavait les mains de quoi ? Du risque que Dorothy transforme son studio en lupanar ? Qu'elle séduise, viole et ruine le vieil oncle après avoir abusé du neveu ? Peut-être voulait-il lui faire peur, simplement, insidieusement, pour mieux encourager Charles à se débarrasser d'elle sans délai. Le charmant garçon !

J'espère te voir bientôt.

Tu parles !

Et je te prie de croire, cher oncle Charles, à l'affection de ton neveu

Marc.

Il reposa la lettre sur son bureau. Il l'oublierait. Bien sûr qu'il l'oublierait. Sans tenir compte des charitables mises en demeure qu'elle contenait.

Marc souffrait-il de cette rupture ou de cette dispute ? Cela, au moins, Charles pouvait le comprendre. Dorothy était-elle une chipie qui l'avait fait tourner en bourrique ? Sans doute oui. Plus insupportable que Marc lui-même ? Sans doute non.

Bien entendu, il ne demanderait pas à Dorothy de quitter le studio.

Il s'était habitué à sa présence chez lui. Il tenait à ses habitudes. Il se rendait compte qu'il les chérissait, même.

LUNDI 18 OCTOBRE 2010

« C'est bien aimable à vous, cher voisin, de rendre visite à une infirme, lui dit-elle, agrippée à son déambulateur, après lui avoir ouvert la porte.

– Une infirme qui me paraît aller le mieux possible, une semaine après votre accident. C'est à peine croyable !

– Si vous saviez à quel point cette semaine m'a paru une éternité !

– Je l'imagine. »

Madeleine Lemonnier avait regagné son domicile en début d'après-midi après avoir refusé tout séjour en maison de rééducation.

Elle invita Charles à la suivre dans son salon.

Elle hésitait à appeler Charles par son prénom, elle ne se serait pas permis une telle familiarité, même s'il avait une quinzaine d'années de moins qu'elle ; lui donner du « monsieur » aurait été trop cérémonieux, ils cohabitaient dans cet immeuble depuis tant d'années ; alors elle adoptait cette périphrase, « cher voisin », elle en souriait la première, c'était une coquetterie de sa part ou un jeu entre eux deux, tandis que lui s'en tenait au « madame » ou, parfois à « madame Lemonnier », comme on s'adresse à un professeur, le professeur qu'elle avait été.

Son visage s'était creusé, le réseau de ses veines semblait plus saillant et bleuté sous la pâleur du front et des mains, mais il flottait toujours autour d'elle un parfum de muguet.

Elle se laissa tomber au fond de son fauteuil et demanda à Charles de s'asseoir en face d'elle.

« Le croirez-vous, c'est notre voisin si grognon du troisième, Alain La Jonquière, qui m'a envoyé son chauffeur à l'hôpital pour venir me chercher, lui dit-elle.

– Il est donc rentré ?

– Il va, il vient. Sa femme avait fait un saut pour me rendre visite à l'hôpital. Mme Pereira l'avait mise au courant.

– C'est gentil.

– Oui, c'est gentil… La pauvre ! Elle paraît encore plus fragile que moi.

– Mais vous n'êtes pas fragile du tout.

– La preuve, lui dit-elle en lui montrant son déambulateur.

– C'est une preuve, ça ? Pour un peu, vous pourriez vous joindre demain aux manifestants sur les grands boulevards !

– Mais j'y songe, mon cher voisin, j'y songe, au premier rang, même, à côté de ce M. Chérèque qui m'a l'air si sympathique, et de l'autre, plus jeune, avec son air buté.

– Bernard Thibault ?

– Ce doit être ça. »

Elle soupira, le visage plus grave.

« Comment croyez-vous que tout cela va se terminer ?

– Les manifestations ?

– Les manifestations, les grèves, la réforme des retraites, ce… ce désordre.

– Cela va se terminer, aucun doute, les syndicats sont dans leur rôle en protestant mais la loi va être adoptée. Reste ce sentiment de malaise, de précarité, d'injustice sociale qui ronge notre pays. Je n'aime pas ce climat-là.

– Les enfants, les lycéens qui défilent dans les rues pour les retraites sans même savoir de quoi il s'agit, encouragés par les formations politiques…

– Et par leurs professeurs !…

– Oui, hélas ! Vous avez raison, par leurs professeurs. Franchement, vous trouvez que c'est normal, vous ? »

Charles eut un geste fataliste. Il avait cessé depuis longtemps de se demander ce qui était normal ou pas. Des lycéens dans les rues, cela n'aurait pas été normal du temps que Madeleine Lemonnier enseignait le français au collège Sophie-Germain. Pour le reste, ma foi…

Charles parlait peu volontiers de politique, par peur des lieux communs, des sottises ou des incompréhensions. Tout de même, les indignations de Madeleine Lemonnier l'émurent, cet intérêt qu'elle portait aux jeunes, à la société, aux grèves, aux manifestations, à l'avenir.

« … Et ces lycéens dans la rue, qui s'agitent, est-ce qu'ils en bénéficieront, des retraites ? reprit-elle. Est-ce qu'ils en auront, du travail ? Je n'aimerais pas être à leur place. Tout cela me fait peur, je vous le dis comme je le pense, mon…, mon cher voisin, et qu'est-ce que je peux faire, moi ? Rien, je suis une vieille bourrique, et impotente de surcroît. »

Elle se mit à rire sans plaisir mais en décochant un coup d'œil à Charles.

Bien entendu, il y avait de la coquetterie dans ses propos. Elle continuait de plaisanter, de jouer de son infirmité, elle voulait garder un peu de son élégance et de sa légèreté malgré son déambulateur, malgré sa veste de tricot qu'elle portait sur un chemisier qui n'était pas aussi bien repassé que d'habitude, malgré les pantoufles qu'elle gardait aux pieds.

Charles lui dit qu'il se tenait à sa disposition pour des achats, des démarches administratives, ce qui lui serait utile. Elle le remercia, mais non, vraiment, elle ne voyait pas. Mme Pereira allait désormais s'occuper de ses courses en plus du ménage qu'elle faisait déjà chez elle trois fois par semaine, tout était prévu, le kiné passerait chaque jour pour sa rééducation, sans oublier Toma, si dévoué.

« Oui, un gentil garçon, l'approuva Charles.

– Il ne parvient pas à oublier cette agression du boulevard Henri-IV.

– À sa place, moi aussi… »

Charles n'oubliait pas non plus cette attaque, cette insécurité qui avait gagné l'île, cette peur qui n'était peut-être pas encore une vraie peur, qui en tout cas n'était pas avouée, mais qui fragilisait les habitants de l'île.

« Il ne dort pas bien, il se réveille en sursaut.

– La police l'a de nouveau convoqué ?

– Non, il me l'aurait dit. Quand il a signé sa déposition, il a su qu'on avait identifié la victime. Son portefeuille avait été retrouvé un peu plus loin sur le trottoir, devant l'école Massillon.

– C'était qui ?

– Oh, quelqu'un comme vous et moi.

– Un avocat ou un professeur ? »

Elle sourit.

« Un vendeur du Bazar de l'électricité, qui habitait rue du Cardinal-Lemoine et se rendait à son travail, le malheureux. Et dire qu'on n'a encore arrêté personne ! On le saurait, sinon. Toma le saurait.

– Aucun doute. Après tout, il est le seul à avoir vu l'assassin. Lui seul peut l'identifier.

– Qu'est-ce qu'elle fiche, à votre avis, la police ?

– Elle encadre les manifestants chaque semaine et elle attend la retraite pour son propre compte, vous ne croyez pas ? »

Madeleine resta sérieuse, préoccupée.

« Et les journalistes ? À la télé, on n'a pas du tout parlé de ce crime.

– Les journalistes parlent des manifestants et des grèves.

– Et ils attendent leur retraite, sans doute.

– Ils n'attendent que ça.

– Je me fais du souci pour Toma, reprit-elle.

– Moi aussi.

– Vous aussi ?

– Son avenir m'inquiète », dit Charles.

Madeleine se redressa sur son fauteuil, s'appuya à la barre du déambulateur.

« Que voulez-vous dire ? »

Charles lui parla de sa conversation avec le garagiste qui employait Toma et qui avait l'intention de vendre son affaire. Que deviendrait Toma, dans ce cas ?

« Il faudrait donc que je rachète moi-même le garage, n'est-ce pas ? lui dit Madeleine Lemonnier d'un ton grave.

– Et vous prendriez Toma comme gérant ?

– Bien entendu, cher voisin ! »

Charles se demanda si elle plaisantait ou pas.

*

À plusieurs reprises, depuis une semaine et sa conversation avec Véra Michalski, Charles avait tenté de joindre Lefaur. Le portable de ce dernier ne répondait pas. Il avait laissé des messages sur sa boîte vocale. Le samedi précédent, alors que trois millions de personnes (selon les syndicats) et huit cent vingt-cinq mille (selon les calculs plus mesurés de la préfecture de police) avaient encore exprimé, dans les grandes villes de France, leur opposition à la réforme, une voix de synthèse avait cette fois appris à Charles que le numéro qu'il avait composé n'était pas attribué. Serait-il donc débarrassé une fois pour toutes de ce mythomane ?

Mais non ! À peine rentré chez lui après sa visite à Madeleine Lemonnier, il reçut un appel de Lefaur, il retrouva sa voix blanche, insidieuse, comme de l'eau qui s'infiltre, se répand, envahit la pièce, sans un remous, sans une violence, qui afflue on ne sait d'où, qui ressemble à un mauvais rêve et vous laisse sans défense.

« Charles, tu ne m'as pas téléphoné, tu me l'avais promis, je suis déçu, je… »

D'où venait cette voix, d'où se répandait-elle ? Quel robinet tourner ? Qui appeler à l'aide ?

Charles assistait à cette plainte, à cette eau qui montait, dans l'impossibilité de lui opposer un argument raisonnable, de quoi colmater l'avarie par où déferlait le flot monocorde et implacable de ses paroles, en dépit de ses efforts.

« Ton portable ne répondait pas, et maintenant…

– Non, Charles, non, ce n'est pas convenable. J'avais besoin de ton aide, dans les circonstances que tu connais, et tu me lâches, toi aussi, comme les autres, comme…

– Lefaur, tu m'écoutes, oui ou non ?

– J'aurais voulu t'écouter plus tôt, j'avais besoin de ta réponse.

– Oui, j'ai vu Véra Michalski. »

Lefaur se tut un instant. La fuite colmatée ? Puis il se reprit :

« Eh bien, j'arrive tout de suite chez toi, Charles.

– Non, ce n'est pas la peine.

– Ne me dis pas que tu n'es pas chez toi ?

– C'est-à-dire…

– Bien sûr que tu es chez toi, puisque je t'appelle chez toi.

– Je te dis que Véra Michalski…

– À tout de suite, Charles ! »

La communication fut coupée.

Charles eut la tentation de fuir sur-le-champ, d'aller dîner ailleurs, n'importe où. Allait-il appeler Dorothy, l'inviter ? Il y renonça, il ne voulait rien demander à Dorothy, il pensait déjà beaucoup trop à elle qui sans doute ne pensait à rien et certainement pas à lui, dans le tourbillon de sa vie, de ses sentiments, de ses caprices qui l'entraînaient il ne savait où, il ne voulait pas le savoir. Et puis il se dit que Lefaur finirait de toute façon par le rattraper un jour ou l'autre et qu'il valait mieux en finir tout de suite, aller jusqu'au bout de son mauvais rêve, de cette inondation.

Lundi 18 octobre 2010

Il l'attendit.

À peine trois minutes, et Lefaur sonnait à sa porte.

Charles l'eût-il voulu qu'il n'aurait pas eu le temps de s'enfuir. Lefaur l'aurait rattrapé dans l'escalier, sur le quai, il l'aurait suivi, partout. Sans doute lui avait-il téléphoné depuis le bar Lutetia au coin du quai et de la rue Jean-du-Bellay, après avoir surveillé ses fenêtres, la lumière qui en filtrait…

Lefaur ne lui serra pas la main, il gagna le salon, son imperméable mastic sur lui, son cartable d'écolier ou de représentant de commerce à la main.

« Tu as donc vu Véra Michalski, dit-il à Charles d'un air consterné, comme s'il le mettait en accusation.

– Et tu te doutes de ce qu'elle m'a dit ?

– Oh, tu sais, Charles, je suis parvenu à un stade où je doute de tout… sauf du doute. Je doute de l'honnêteté, de la bonne foi et de la parole des gens, je doute même de leur existence.

– Et de Véra Michalski ?

– De tout le monde, je te dis.

– Eh bien ! doute ou pas doute, pour faire bref, Véra Michalski existe puisque je l'ai rencontrée…

– Dis-moi ce que tu as à me dire, Charles ! Ne tourne pas autour du…

– Véra Michalski ne te connaît pas, elle n'a jamais entendu parler de toi. »

Lefaur fixa sur Charles ses yeux ardoise. Il n'afficha aucune expression de surprise, d'incrédulité ou d'indignation. Il semblait au-delà. Dans cette neutralité affligée des hommes qui ont déjà tout vu, tout entendu, tout enduré, et que rien, en matière de duplicité ou de vilenie, ne peut désormais surprendre.

« Véra Michalski ne me connaît pas », se contenta-t-il de répéter de sa voix monocorde pour mieux se pénétrer de cette assertion, avant d'ajouter sur le même ton :

« Tu as un whisky, Charles ?

– Je ne sais pas. Peut-être une vodka.

– Ou une vodka, c'est entendu. »

Charles se leva et se dirigea vers la cuisine. Il vérifia qu'il n'avait pas racheté de whisky depuis la fin de son Lagavulin avant de s'emparer de la bouteille de Zubrowka qui restait à demeure dans le compartiment de congélation de son réfrigérateur.

Quand il revint au salon avec la bouteille luisante de givre et deux verres sur un plateau, il surprit Charles planté devant sa bibliothèque avec, à la main, son exemplaire d'*Ulysse* en anglais, dans l'édition Shakespeare and Company de 1924 à laquelle il tenait tant.

À sa vue Lefaur remit le livre en place, sans se hâter.

« Tu as relu *Ulysse* dernièrement, Charles ?

– Non.

– Une nouvelle traduction est sortie chez Gallimard il y a quelques mois. Une catastrophe.

– Ça ne m'étonne pas. Quel était l'intérêt de revenir sur la version relue et revue par Larbaud et Joyce lui-même ?

– Toujours la même chose, chez les éditeurs, lui dit Lefaur après avoir vidé d'un trait sa vodka. On retraduit les livres qu'il ne faut pas et on ne retraduit pas ceux qui l'exigeraient. Tu vois où je veux en venir ?

– Parfaitement, et pour en venir là à mon tour, j'ai appris par Véra Michalski que personne, je dis bien personne, n'a entendu parler d'un projet de nouvelle traduction de Meredith, aussi bien chez Buchet-Chastel que chez Phébus. Voilà ! »

Lefaur continua de le regarder de ses yeux fixes et lui tendit son verre vide.

Charles le resservit avant de reposer la bouteille sur la table basse.

« Avec qui as-tu vraiment été en rapport dans ce groupe d'édition ? » insista-t-il.

Lefaur eut un léger haussement d'épaules et vida de nouveau son verre, cul-sec.

« À quoi bon te répondre, puisque Véra Michalski affirme que personne ne me connaît, que jamais elle n'a entendu parler de cette traduction ?

– Avec Blandine de Caunes ou Daniel Arsand, chez Phébus, par exemple ?

– Je t'ai dit que ce n'était pas chez Phébus mais chez Buchet-Chastel. Mais parlons d'autre chose, veux-tu, Charles, puisque tout ça ne sert à rien, tu as compris ? Personne ne me connaît, je suis un menteur, je suis l'homme invisible, l'homme qu'on oublie, j'ai inventé cette traduction, j'ai inventé l'existence de George Meredith pendant qu'on y est… Oh, je connais la chanson depuis le temps, je la connais, je la connais ! »

Et toujours, de la part de Lefaur, cette même voix grise, comme une eau qui s'infiltre, qui ne bouillonne pas de colère, une eau qui monte, l'eau de la résignation, de la déraison ou de la démesure paisible.

« Tu as été en liaison avec Simon Mayer ? » insista Charles.

Il lui sembla que le regard de Lefaur retrouvait un nouvel éclat, mais peut-être était-ce l'effet de l'alcool.

« Pourquoi tu me demandes ça ? Qu'est-ce qu'il t'a dit, Simon Mayer ?

– – Rien, reconnut Charles, je ne l'ai pas vu.

– Nous y sommes ! Tu as vu tout le monde sauf Simon Mayer…

– Mais, à part Véra Michalski, je te dis que je n'ai vu personne…

– Je t'en prie… Tout le monde a été interrogé sauf Simon Mayer, c'est la même chose, et tu as compris pourquoi ? Parce que Simon Mayer est invisible comme moi. Nous sommes les deux complices, les deux fantômes, tout s'explique !

– Écoute-moi, Lefaur ! Mayer ne travaille plus pour Véra Michalski.

– Il ne travaille plus ? »

Le regard de Lefaur s'éteignit.

« Non, il a quitté le groupe Libella.

– Et tu vas me dire qu'il était inutile de l'interroger dans ces conditions, c'est bien ça ?

– Ça ne changerait plus rien, en effet, reconnut Charles.

– J'ai tout compris. Et le pire, vois-tu, c'est que ça ne m'étonne pas… »

Lefaur se pencha, referma avec brusquerie son cartable à soufflet, s'en saisit et se dirigea vers la porte.

Charles le raccompagna.

Lefaur descendit les marches, sans un remerciement, sans un adieu.

MERCREDI 20 OCTOBRE 2010

« Dis-moi, Charles... »

À l'accent de sa voix au téléphone, Charles sentit tout de suite l'embarras de son ami.

« Je t'écoute.

– Tu m'avais bien montré, il y a deux ou trois ans, ton édition numérotée de *Mort à crédit* avec un envoi manuscrit de Céline à une dame, un livre que tu tenais de ton père ?

– Parfaitement.

– Tu te souviens du nom de la dédicataire ?

– Suzanne du Perray, oui, pourquoi...

– Tu le possèdes toujours, ce livre ?

– Bien sûr, je ne l'ai pas vendu. Tu m'avais expliqué que cette édition ne valait rien.

– N'exagérons pas !

– Ou que ce n'était pas la véritable édition originale...

– Exact, ce n'était pas l'originale avec le texte intégral mais la suivante avec les blancs dans la typographie, là où Céline avait dû retirer les passages jugés obscènes. Passons ! La question n'est pas là.

– Elle est où, la question ?

– Est-ce que tu pourrais vérifier si tu as toujours ton livre ?

– Ne quitte pas ! »

Charles, son appareil sans fil à la main, se leva pour prendre son *Mort à crédit* dans les rayonnages. Il savait où il était, mais… non, il n'y figurait pas. L'avait-il déplacé ? Pas possible. À côté, ses autres livres avaient pris leur aise : les six volumes de *Grandeur et décadence de Rome* de Guglielmo Ferrero auquel il tenait tant, les originaux chez Gallimard des Conrad, *Lord Jim*, *Nostromo*, *Une victoire*, et aussi *La Semaine sainte* d'Aragon qui voisinait avec *La Comédie de Charleroi* de Drieu la Rochelle, comme pour réconcilier les anciens amis égarés dans leurs rêveries totalitaires, juste en dessous de l'*Ulysse* de James Joyce qui, lui, s'égarait dans ses labyrinthes dublinois et mythologiques.

Il ne lui fallut pas longtemps pour comprendre et ne plus s'étonner de l'appel de Bernard Clavreuil dont la librairie de livres anciens de la rue de Tournon comptait parmi les plus réputées de Paris.

« Tu viens de racheter cet exemplaire, Bernard, c'est ça ?

– Pas tout à fait.

– Tu l'as en ta possession ?

– Oui.

– Mais comment se fait-il… ?

– Je n'étais pas au magasin ce matin. Un homme s'y est présenté vers les onze heures. Stéphane, mon fils, que tu connais, l'a reçu. L'homme lui a montré le livre. Il en voulait cinq mille euros, tout de suite. Pour Stéphane, cela semblait beaucoup.

– Et c'est beaucoup ?

– Beaucoup, oui, malgré l'envoi. Pour faire court, l'homme a consenti à laisser son livre à Stéphane qui devait m'en parler et me le montrer pour expertise, en échange d'un reçu. Il a dit qu'il repasserait demain.

– Stéphane a pris son nom et son adresse ?

– Évidemment.

– Jean Lefaur qui loge dans un hôtel, rue du Roi-de-Sicile ; je ne me trompe pas ?

– Tu ne te trompes pas.

– … qui est passé me rendre visite avant-hier, je t'expliquerai, et qui… Bon, c'est une longue histoire… Qu'est-ce qu'on fait ?

– Retrouve-moi à la librairie, le livre est à ta disposition.

– Encore une question, Bernard. Je t'avais aussi montré mon exemplaire d'*Ulysse* de 1924 dans l'édition Shakespeare and Company, tu t'en souviens ?

– Je m'en souviens.

– Il vaut beaucoup plus que le Céline ?
– Je crois qu'il vaut plus, oui. »

*

Charles quitta Clavreuil ce soir-là vers vingt-deux heures, avec son exemplaire de *Mort à crédit*.

Les deux amis s'étaient retrouvés deux heures plus tôt à sa librairie du 19, rue de Tournon, à l'enseigne de Thomas Scheler, du nom de son fondateur.

Clavreuil lui avait suggéré de porter plainte mais Charles n'y tenait pas. Pour un peu, il aurait pris en pitié Lefaur, si calamiteux dans ses escroqueries et sa mythomanie, aux abois, avec un livre volé mais de peu de valeur et qui s'adressait de surcroît, pour le vendre, à l'un de ses amis.

En fait, l'homme lui inspirait un double sentiment de peur et de pitié. La fixité de son regard, la banalité de son allure, la certitude pathologique de son bon droit mettaient Charles mal l'aise, l'effrayaient même. D'un autre côté, ses échecs répétés, la pauvreté de ses mensonges comme le ratage de ses escroqueries finissaient par le faire paraître inoffensif. Charles aurait voulu lui tendre encore la main.

Un instant, il avait songé à « racheter » le livre cent ou deux cents euros que Clavreuil lui remettrait quand il se présenterait, le lendemain matin, en lui expliquant à qui il l'avait cédé – ou rendu.

Mais qui sait si Lefaur n'engagerait pas un procès contre Clavreuil et Ballanche, s'il n'irait pas les dénoncer à la police ? Si on lui avait acheté le livre, c'était bien la preuve qu'il lui appartenait, et qu'on l'avait de surcroît trompé sur sa valeur, n'est-ce pas ? À la réflexion, ce n'était pas une bonne idée.

Depuis la librairie, Charles avait téléphoné à l'hôtel du Roi-de-Sicile pour apprendre que Jean Lefaur n'y habitait plus, qu'il avait laissé une semaine d'impayés et que, s'il était de ses amis et savait comment le joindre, il ferait bien de…

Charles s'était attardé encore un peu à se promener entre les travées. Il avait besoin de ce refuge, à l'écart de l'actualité. La veille, plusieurs millions de manifestants avaient encore défilé dans les villes de France. « L'Élysée mise sur la fermeté pour briser le front syndical », titrait *Le Monde*. De son côté, *Le Figaro* se réjouissait presque des désordres survenus ici ou là à la fin des défilés. « Mobilisation en baisse, irruption des casseurs », affichait le quotidien en première page avec une photo en couleurs d'une voiture renversée sur la chaussée, comme pour discréditer la contestation.

Tout cela finirait tôt ou tard, la loi sur les retraites serait adoptée, Charles n'en doutait toujours pas, mais pour l'instant régnaient ce malaise, ces rancœurs, ce mal de vivre de la France, ce vieux pays à bout de souffle qui avait fait un pas de côté, qui aspirait à se reposer sur son passé, à la retraite, à une fin de vie peu douloureuse et qui ne se l'avouait pas.

La culture, ce n'est pas ce qui reste quand on a tout oublié, ce mot trop fameux d'un homme politique de la IIIe République ne reposait pas sur grand-chose ; non, la culture, c'est d'abord ce qui reste quand on s'est mis à l'abri de l'écume de l'actualité, laquelle vous éclabousse et vous empêche de voir. Charles était lui aussi à la retraite, ou peu s'en fallait. Les retraités sont des gens lucides ou désabusés. Ils achètent comme lui *Le Figaro*, *Le Monde* ou *Le Nouvel Observateur*, ils jettent un coup d'œil à leurs titres, mais, au fond d'eux-mêmes, ils sont plus heureux dans des librairies comme celle de Bernard Clavreuil où l'on parle à voix basse, où l'on ne l'on ne songe pas à faire grève, parce qu'on a déjà fait grève dans son esprit, que l'on s'est plus exactement retiré du rivage pour se confronter au passé, gagner un peu de sagesse.

Charles s'était penché sur un exemplaire des *Récits d'un chasseur* de Tourgueniev, l'édition originale de la traduction parue chez Dentu en 1858, l'ouvrage personnel de l'auteur avec son ex-libris typographique. Il aurait bien fait l'acquisition d'un tel volume qu'avaient tenu dans leurs mains Tourgueniev et Pauline Viardot, mais Clavreuil l'estimait à huit mille euros, et c'était tout de même cher pour ce qui ne représentait pour lui qu'un caprice un peu fétichiste.

Mercredi 20 octobre 2010

Il avait attendu que Bernard fermât la librairie, ils avaient fait quelque pas rue de Vaugirard avant de pénétrer dans un petit restaurant de la rue Corneille, le long du théâtre de l'Odéon. À table, ils avaient évoqué leur amitié, les circonstances de leur rencontre grâce à Odette Joyeux et Philippe Agostini.

L'un et l'autre, ils avaient aimé Odette qui avait brillé dans le cinéma français de la fin des années trente jusqu'au début des années cinquante, sous la direction de Marc Allégret, de Claude Autant-Lara ou de Max Ophüls. Quant à Philippe, qui avait compté parmi les grands chefs opérateurs de cette époque, qui avait su mettre en lumière la femme de sa vie avec une adoration jamais démentie, Charles l'avait conseillé dans les interminables démêlés qui l'avaient opposé aux ayants droit de Georges Bernanos. Ceux-ci n'avaient jamais voulu reconnaître la part qu'il avait prise, avec le père Bruckberger, dans l'adaptation et le découpage, scène à scène, de la nouvelle de Gertrud von Le Fort, *La Dernière à l'échafaud*, pour un projet de film dont Bernanos, à leur demande et peu de temps avant sa mort, avait écrit les seuls dialogues – dialogues qui allaient paraître de façon posthume sous le titre de *Dialogues des carmélites*. L'imbroglio juridique l'avait passionné. La ferveur affligée de Philippe Agostini qui voulait simplement faire reconnaître sa présence dans la genèse de cette œuvre composite l'avait aussi ému.

Peu de temps avant sa mort, Agostini avait obtenu gain de cause, une joie pour lui, et son nom allait enfin figurer désormais parmi les auteurs référencés des *Dialogues*.

Tout cela, c'était de la vieille histoire qu'ils avaient évoquée à table, mais la tendresse que continuait d'éprouver Bernard Clavreuil et Charles Ballanche pour Odette si rieuse, si « petite fille » malgré son grand âge, et pour Philippe aux yeux et à l'esprit si clairs, si naïfs peut-être, près de dix ans après leur mort, non, ce n'était pas de la vieille histoire. Ils pensaient à eux avec cette forme de fidélité désolée que l'on réserve aux amis disparus avec qui désormais on ne pourra plus rien partager, ni fous rires ni indignations, ni même la simple quiétude d'être ensemble. Un ami est un démultiplicateur de bonheur. Qu'est-ce qu'une joie qui ne trouve plus de complice pour être partagée ?

Maintenant Charles rentrait chez lui à pied, seul, son exemplaire de *Mort à crédit* à la main.

Il y avait quelques heures, il n'en soupçonnait pas la perte. Comment aurait-il pu la déplorer ? Il faut du temps pour souffrir d'une absence, pour s'y habituer, mais, à la vérité, il se fichait de cet exemplaire, il n'était pas bibliophile. Tout de même, il ressentait comme une forme de *violence* dans l'intrusion de Lefaur, et dans ce vol, en tant que tel. Une violence et une menace. La découverte surtout d'une *vulnérabilité* qu'il ne se soupçonnait pas.

Dans l'île Saint-Louis protégée de la ville et de l'actualité, il se croyait à l'abri de toute attaque. Étaient survenues ces deux agressions, rue Saint-Louis et boulevard Henri-IV. L'île n'était plus un sanctuaire. Des fauteurs de troubles, des assassins pouvaient s'y glisser. Au moins, se disait-il confusément, il lui restait son appartement du quai de Bourbon que surveillait Mme Pereira. Même pas ! Lefaur s'était imposé chez lui un voleur, un malade ou un mythomane, peu importe, un homme en tout cas qui lui avait dit : Tu vois, tu te crois sain et sauf dans ton appartement du quai de Bourbon, loin des soucis, des besoins, des souffrances, de la misère, des combats de tous les jours, bien douillet, mélancolique, égoïste, engoncé dans ta retraite ou ta semi-retraite, mais il n'y a pas de retraite qui tienne ! À n'importe quel moment, tout pourra t'atteindre, tu mourras quand je le voudrai ou que d'autres le voudront, île Saint-Louis ou pas île Saint-Louis, pauvre vieux fou cramponné à tes illusions, à ton passé, à ta relecture du *Vicomte de Bragelonne* !

S'il avait habité l'une de ces résidences pour personnes âgées qui proliféraient aux États-Unis, clôturées comme des prisons de luxe, avec gardes à l'entrée, caméras de vidéo-surveillance et patrouilles motorisées dans les allées, tout aurait été différent. Cette intrusion n'aurait pu révéler qu'une faille dans le gardiennage. On aurait trouvé la parade. Mais l'île Saint-Louis n'était pas un bunker. Son appartement n'avait rien d'inviolable. Les frontières de l'île étaient symboliques. Si le quai de Bourbon pouvait intimider ou dissuader, ce n'était que par sa rigueur janséniste qui en imposait, non grâce aux mérites de ses patrouilles armées et de ses chiens de garde. Au XVIIe siècle, le peintre Philippe de Champaigne y avait habité. On ne l'aurait pas imaginé ailleurs. Les hôtels particuliers du quai de Bourbon ne se haussaient pas du col comme l'hôtel Lambert ou l'hôtel de Lauzun qui affichaient leurs fastes dans la courbe sensuelle du quai d'Anjou. Le soleil, avec ses séductions trompeuses, épargnait le quai de Bourbon. Les touristes préféraient s'attarder quai d'Orléans ou quai de Béthune, pique-niquer sur les berges méridionales, s'extasier sans retenue, de là, sur le chevet de Notre-Dame ou la montagne Sainte-Geneviève. Quai de Bourbon, on ne s'extasiait pas. La vue était intérieure. C'était un quai pour méditer, non pour s'ébahir. C'était un *repli*.

Bien entendu, toute l'île Saint-Louis, pour ses habitants, jouait plus ou moins le rôle d'un repli. D'un sanctuaire que les étrangers respectaient. Les vigiles et les caméras de surveillance n'y auraient rien changé. La qualité d'un sanctuaire ne vaut que par le respect qu'il inspire. Nul ne songeait, nul n'aurait jamais songé par le passé à violer la paix de l'île Saint-Louis. Mais voilà que l'intrusion de Jean Lefaur, après les crimes perpétrés rue Saint-Louis et boulevard Henri-IV, avait profané ce sanctuaire-là.

Charles revenait chez lui, son exemplaire à la main qu'il allait remettre en place dans sa bibliothèque, entre Guglielmo Ferrero et Joseph Conrad, mais tout serait-il comme avant ?

Mort à crédit ! Lefaur avait bien choisi son titre. Combien de temps Charles resterait-il dans l'île Saint-Louis ? Combien de temps éloignerait-il la mort, la garderait-il à crédit ?

Sur le trottoir du pont Notre-Dame avait été tagué à la peinture rouge le slogan « La grève jusqu'à la retraite ! » Tout était dit. La France n'aspirait plus qu'à ça. L'île Saint-Louis avait donné l'exemple depuis plus de trois siècles. Allait-elle se réveiller ? Et dans quel état ?

Charles s'endormit cette nuit-là le cœur serré.

Ou plutôt, il ne s'endormit pas.

JEUDI 21 OCTOBRE 2010

Clavreuil appela Charles à onze heures. Lefaur venait de quitter la librairie.

« Tu m'avais décrit le personnage, mais à ce point !

– Il a fait scandale ?

– Avec calme, tu me connais, je lui ai expliqué que je ne lui rendrai pas l'exemplaire de *Mort à crédit* parce que je l'avais restitué à son légitime propriétaire. Il m'a regardé fixement, il a pâli pour autant qu'un homme comme lui puisse pâlir.

– Je vois très bien ce que tu veux dire.

– Il m'a menacé d'un procès, de déconsidérer ma librairie sur la place publique, il avait des relations, et tout, et tout, mais sans élever la voix, non, méthodiquement...

– Et tu l'as mis à la porte ?

– Avec courtoisie, toujours, oui, je l'ai raccompagné à la porte sans élever la voix non plus. Il tenait le reçu que Stéphane lui avait donné la veille. Ce livre lui appartenait. Il en avait la preuve ! Mon attitude était celle d'un voleur, j'étais le voleur... Il s'exprimait avec une résolution blanche, si je puis dire. Fais attention, Charles ! Cet homme n'est pas un escroc, c'est un fou. Et je crois qu'il y a plus grave encore, ce n'est pas un fou furieux, il est de l'espèce des fous calmes.

– Je suis désolé pour toi, Bernard.

– Tu n'y es pour rien. Mais, si j'étais toi, permets-moi d'insister, j'en parlerais à la police.

– À quoi bon ? J'ai récupéré le livre. Je ne tiens pas à enfoncer le bonhomme un peu plus. J'ai été son avocat, autrefois.

– Avocat ou pas, plainte ou pas plainte, je prendrais tout de même les devants. On ne sait jamais.

– Peut-être... De toute façon, merci pour ton aide, Bernard, merci pour tout. »

Après avoir raccroché, Charles se demanda si Lefaur serait assez fou, comme l'avait dit Clavreuil, pour oser l'affronter, ou s'il disparaîtrait à jamais. Cette incertitude lui pesa. Dans le premier cas, Lefaur l'appellerait-il ou débarquerait-il chez lui ? Il devrait attendre pour le savoir. Cette attente était une nouvelle forme de violence.

Il hésita à sortir pour déjeuner à L'Escale. Il n'avait guère d'appétit. Chez lui, il se sentait mieux protégé. Personne n'allait forcer sa porte tout de même, alors que dehors... Qui sait si Lefaur ne le guettait pas, ne l'attendait pas sur le trottoir ?

Jeudi 21 octobre 2010

Il jeta un coup d'œil par la fenêtre. Un jeune homme posait sa bicyclette contre le parapet et bloquait la roue avant avec une chaîne. C'était insuffisant : Lefaur aurait pu soulever la bicyclette, caler le cadre sur son épaule, et bonsoir ! Pris sur le fait, il jurerait qu'il s'agissait de sa propre bicyclette et qu'on lui avait volé en prime la clef de sa chaîne antivol.

Charles n'allait tout de même pas devenir paranoïaque ! Il quitta la fenêtre, s'approcha de sa bibliothèque, s'arrêta devant son exemplaire de *Mort à crédit*, le sortit, le retira de son emboîtage. L'un des trente-cinq exemplaires sur hollande van gelder numérotés de vingt à soixante, qui n'était pas coupé, qui avait gardé sa valeur bibliophilique.

Adolescent, Charles avait lu *Mort à crédit* dans la collection blanche de Gallimard, juste après sa découverte de *Voyage au bout de la nuit*. Il ne s'en était pas remis. Au fond, il existe très peu de livres qui bouleversent leurs lecteurs au point de les transformer à jamais. Pour Charles, il y aurait toujours un avant et un après *Voyage au bout de la nuit* et *Mort à crédit*, une perte définitive de son innocence, une méfiance désormais acquise à l'égard des paroles, des mensonges ou des illusions criminelles dont se bercent les hommes pour tenter d'être un peu moins malheureux, il y aurait désormais cette évidence de la mort à venir, que Céline lui avait imposée et que l'île Saint-Louis tentait en vain de démentir…

Mais son exemplaire, à quoi servait-il s'il ne pouvait être lu ou défloré ? C'était ridicule. La bibliophilie était une manie ridicule, elle était le contraire de la littérature qui est l'amour de la vie, de la découverte, de l'émotion, du tragique, ou le risque de se voir à jamais transformé par une lecture. La bibliophilie, c'était l'amour de la mort, de l'objet inutile, de la pierre tombale, de la relique.

En 1975, Charles qui commençait à se spécialiser dans le droit d'auteur avait été approché par le peintre Jean Dubuffet, en conflit avec la régie Renault dont le nouveau directeur refusait d'honorer la commande passée par son prédécesseur d'une sculpture géante de l'artiste pour l'esplanade du siège social de Boulogne-Billancourt. Il se souvenait de Dubuffet dans sa maison au fond d'un passage, rue de Vaugirard. Il le revoyait assis avec un bouquin dont il arrachait les pages au fur et à mesure de sa lecture, comme pour faire l'économie d'un signet. Charles n'avait pas été dupe de cette provocation, de cette façon de jouer devant des tiers les barbares ou les profanateurs, de ce souci d'afficher son mépris pour les signes extérieurs ou les objets vénérés de la culture – mais cette théâtralité n'en avait pas moins atteint son but. Charles n'avait jamais oublié Jean Dubuffet, un peu voûté, diabolique, d'une malice et d'une intelligence nourries de sarcasmes, en train d'arracher la dernière page lue de son livre avant de l'accueillir… Pour un peu, aujourd'hui, devant les maniaques compulsifs qui chérissent les livres rares à condition de ne les ouvrir ni les couper, Charles (et tant pis pour Bernard Clavreuil !) se serait volontiers emparé de son *Mort à crédit* sur papier hollande van gelder numéro cinquante et un pour en arracher méthodiquement les pages au fur et à mesure de sa relecture, et au diable les fétichistes ou les escrocs pathologiques à la Jean Lefaur !

« Tout cela est si lent, si lourd, si triste… »

Autrefois, quand les livres n'étaient pas massicotés (l'éditeur José Corti avait dû être l'un des derniers à vendre des livres non coupés), Charles aimait, chez les libraires, entrouvrir les exemplaires, écarter les pages, lire ou surprendre quelques lignes à la dérobée, comme on écarte un rideau de lit au fond d'une alcôve. Il existait un érotisme de la lecture. Un voyeurisme, une transgression dans ces lignes dégustées à la sauvette, pour deviner tant bien que mal les extases que l'ouvrage pourrait ensuite, qui sait, procurer.

« Le chagrin est venu quand même d'une façon pire que j'aurais cru, au moment de partir. C'est difficile de s'empêcher… »

On sonna à la porte d'entrée.

Lefaur ?

Il ouvrit tout de même.

C'était le garçon à la bicyclette, un grand brun qui souriait, dont les cheveux tirés en arrière tombaient dans le cou.

Derrière lui, appuyée à la rampe d'escalier, attendait Madeleine Lemonnier.

« Pardonnez-moi de vous déranger, mon cher voisin, lui dit-elle, et permettez-moi de vous présenter Frédéric Serra qui a la bonté de venir chaque jour pour mes exercices de rééducation.

– Notre amie m'a chanté vos louanges », dit Charles au kinésithérapeute.

Le visage du jeune homme lui était familier. Il avait dû le croiser à plusieurs reprises dans l'île.

« Avec Mme Lemonnier, nous faisons des exercices dans l'escalier, quelques marches à monter, à descendre, lui expliqua Frédéric Serra.

– Et ce n'est pas trop difficile ? demanda Charles à sa voisine.

– Bah ! Parlons d'autre chose ! Je me suis permis de demander à Frédéric de sonner à votre porte. Je voulais vous voir.

– Tout de suite ?

– Si vous pouviez passer un moment cet après-midi. J'ai réfléchi à notre conversation de l'autre jour, et… »

Le jeune kinésithérapeute avait d'autres clients à voir, à soigner.

« Allez, madame Lemonnier ! Remontez une marche ! Le pied droit d'abord, toujours le pied droit. Et ne lâchez pas la rampe ! Comme ça, oui, comme ça ! C'est très bien ! »

Il la soutenait.

« Comptez sur moi, dit Charles à la vieille dame, je viendrai sans faute... Et bon courage !

– Oh ! le courage, s'il suffisait d'avoir du courage ! »

Il referma la porte.

« Une nouvelle marche, le pied droit d'abord, pas le gauche, encore une... »

Les ordres du kiné s'éteignirent.

En avait-il, lui, Charles, du courage ? Les habitants de l'île, ceux du moins qui avaient choisi d'habiter dans l'île, n'étaient-ils pas, à l'exception de Madeleine Lemonnier, des gens sans courage ou qui abandonnaient leur courage en se retrouvant chez eux, hors de danger pensaient-ils ? Les courageux aiment le risque ou sont du moins disposés à l'accepter si les circonstances les y contraignent. Les habitants de l'île ne voulaient pas courir de risques, ils ne voulaient pas courir du tout. Marcher tout au plus, se déhancher ou se désarticuler, à tourner vingt fois ou cinquante fois autour des quais pour la compétition annuelle organisée par le Club des marcheurs de la Seine au début des années cinquante, dont Charles avait gardé le souvenir, mais c'était une autre histoire...

Charles sursauta à la sonnerie du téléphone. Il devina cette fois qu'il s'agissait de Jean Lefaur. Son sursis prenait fin. Il décrocha, reconnut la voix.

« Tu n'es pas très fier de toi, n'est-ce pas ?

– Pardon ? »

Jusqu'où Jean Lefaur irait-il ? Jusqu'où sa mythomanie l'entraînerait-elle ? Qu'allait-il encore inventer ?

À tout instant, Charles pouvait raccrocher. D'une pression sur le bouton rouge de son téléphone il prendrait congé de son interlocuteur, le réduirait au silence. Cela le rassura. Il se cala au fond de son fauteuil. Tout sentiment d'oppression l'avait quitté. Il le crut du moins et se sentit empli d'un calme que Lefaur ne saurait menacer.

« … Tu n'ignorais pas au fond de toi que ce livre m'appartenait, qu'il aurait dû depuis longtemps me revenir.

– Te revenir ? » répéta Charles, mais Lefaur ne l'entendit sans doute pas.

Que pouvait-il entendre, du reste ?

« Oh ! Je ne doute pas de ta bonne foi.

– Je t'en remercie.

– Mais ne doute pas non plus de mon bon droit. Tu sais d'où vient ce livre ?

– Je t'aurais volontiers répondu : de la bibliothèque de mon père, et maintenant de la mienne, lui dit Charles, mais tu as sans doute une autre version.

– Non, je n'ai pas d'autre version ! »

Lefaur se tut pour ménager un effet, et Charles attendit avec patience à l'autre bout de la ligne. Il ne voulait pas perturber la représentation de Lefaur, mais il ne voulait pas non plus le seconder, lui donner la réplique.

Le souvenir lui vint d'un très vieux film de Chaplin, le plan d'un gros richard en pardessus, cigare au bec, devant qui, sur le trottoir, un vagabond, Charlot lui-même, s'efforçait de faire des tours pitoyables, des jongleries, des contorsions pour lui arracher un nickel, et l'homme en pardessus haussait les épaules et passait son chemin sans songer à mettre la main à la poche. Charles aurait-il dû se comporter comme le gros richard ?

« J'admets, reprit enfin Lefaur, que ce livre était dans ta bibliothèque… mais avant ? »

De nouveau il ménagea un silence. Cherchait-il une idée, un nouveau numéro d'acrobatie, ou bien savait-il ce qu'il allait dire, voulait-il ménager ses effets dans un spectacle qu'il avait déjà écrit et répété ? Charles ne voulut toujours pas l'interrompre. Le temps viendrait bien assez vite où il devrait se décider à mettre ou non la main à la poche, contredire ou imiter la séquence resongée du film chaplinesque.

« Mais avant, Charles, avant tout ça, ce livre appartenait à mon père, à mon propre père, oui, parfaitement, à mon père et à la femme avec laquelle il vivait plus ou moins depuis la fin des années trente et à qui il avait offert ce livre, et tu n'as pas besoin que je te dise comment elle s'appelait, cette femme, bien sûr, tu t'en doutes.

– Non.

– Suzanne du Perray. »

Après un temps d'arrêt, Lefaur put conclure :

« Tu comprends tout, maintenant. »

C'était une trouvaille en effet. Pour un peu, Charles aurait applaudi ou sorti un euro de sa poche, mais il préféra rester silencieux. Le spectacle n'était sans doute pas achevé.

« Mon père et son amie Suzanne pour qui il avait demandé à Céline de dédicacer l'exemplaire, ce n'est pas une preuve irréfutable ça ? »

Lefaur se tut un instant, dans l'espoir que Charles l'approuverait, ou, mieux, le contredirait, et alors il pourrait s'abandonner à l'extase de sa colère contre son interlocuteur ou contre le genre humain qui le persécutait, mais Charles resta encore silencieux et patient.

« Dois-je te rappeler ce qui est arrivé à mon père et à Suzanne à la Libération (comme si Charles avait eu la moindre raison de le savoir !) ? Ils ont quitté Paris en juillet 1944 (Céline, sa femme et son chat avaient eux aussi quitté Paris à la même époque, pensa encore Charles, mais peu importe !). Les choses tournaient mal. Suzanne avait eu des relations... un peu compromettantes, Otto Abetz n'avait pas été insensible à son charme, le fils de Suzanne qui n'avait pas vingt ans venait de s'engager dans la division Charlemagne et mon père enfin, avec le marché noir, mon père risquait, tu comprends... à vrai dire il ne risquait rien, il n'avait rien à se reprocher (sauf de s'être enrichi au marché noir, se dit encore Charles, s'il devait du moins en croire Jean Lefaur), mais le climat n'était pas bon, et son appartement laissé inoccupé a été pillé dès la fin du mois d'août, réquisitionné, avec toute sa bibliothèque, je n'insiste pas. »

Charles eut l'impression que Lefaur reprenait son souffle après cette longue tirade, que, cette fois, c'était fini, qu'il allait rassembler ses accessoires, ranger sa valise de scène, fin du spectacle, bonsoir et merci !

Peut-être Charles aurait-il fini par l'applaudir malgré la médiocrité de la représentation, ce tissu de mensonges ou d'illusions trop mité, troué de trop de sottises et d'invraisemblances. Comment Lefaur aurait-il pu reconnaître chez lui un livre qu'il n'avait jamais vu, lui qui était né sans doute vers la fin des années quarante ? Rien n'indiquait sur la tranche qu'il était dédicacé à une Suzanne du Perray. Et quel culot de parier que le père de Charles avait acquis ce livre après et non avant la guerre ! Restait, chez Lefaur, cette forme d'indignation, de colère blanche qui pouvait donner l'illusion de la sincérité. Tant d'aplomb à nier l'évidence, tant d'inconscience à vouloir persuader la victime d'un vol qu'elle en était le véritable auteur !

« Vois-tu, Charles, ajouta-t-il (et ce fut là son erreur, le dernier tour de passe-passe, médiocre et pleurnichard, qui ruinait ce que ses affabulations revendicatives avaient eu de panache), c'est entendu, ton père a dû racheter cet exemplaire à des aigrefins ou à des gens comme Clavreuil juste après la guerre (Bernard Clavreuil n'était certainement pas libraire après la guerre, il n'était même pas né, mais à quoi bon interrompre Lefaur ?), et lui aussi était, je veux le croire, de bonne foi. C'est pourquoi, en revendant mon livre, je t'aurais laissé une part de la vente pour te dédommager, j'ai le sens des réalités, et de ce qui... de ce qui est convenable dans une transaction, même si... Mais là, tu me prends de court, tu agis avec violence, tu me dépossèdes, qu'est-ce que tu veux que je fasse ? »

Les larmoiements de Lefaur cessèrent soudain d'amuser Charles.

« Que je te rende le livre, par exemple ? lui répondit-il d'une voix très professionnelle.

– Tu... tu ferais ça pour moi ?

– Non. »

La voix de Charles était restée calme, comme l'aurait été celle du gros bonhomme en pardessus, cigare au bec, qui non seulement ne donne pas un nickel au bateleur déguenillé, mais joue à faire semblant de le lui donner, ce qui est infâme, avant de poursuivre son chemin.

« C'est ce que je redoutais, Charles, et c'est désolant, vraiment désolant.

– Notre conversation a assez duré, elle ne m'amuse plus, tu ne m'amuses plus, Lefaur.

– Un instant ! »

Ce dernier mot, dans la bouche de Lefaur, sonna aux oreilles de Charles comme une ultime et redoutable supplication, et il renonça à couper la communication.

« … Ne me donne pas le livre, je n'en demande pas tant, mais verse-moi la part qui me revient, mettons cinquante pour cent, Clavreuil l'avait estimé à plus de cinq mille euros, six mille peut-être, verse-moi trois mille euros et qu'on n'en parle plus ! »

Quoi qu'il fasse, Charles comprit alors qu'il ne cesserait d'être poursuivi par Lefaur, même s'il lui donnait l'exemplaire dédicacé de *Mort à crédit*, même s'il lui versait ces trois mille euros… Lefaur le rattraperait de nouveau, lui expliquerait qu'il avait été volé, que le livre valait davantage… Et si Charles ne lui donnait rien, il serait en butte à de nouvelles menaces. Non, il ne s'en sortirait pas. Même s'il raccrochait tout de suite, il n'en finirait pas avec Lefaur.

Charles prit peur. Vraiment peur. Pour la première fois. Cette voix à l'autre bout de la ligne, si blême, si tendue…

« Tu me dois une réparation, Charles, tu l'as bien compris ? »

Charles ne voulait plus être entraîné dans les abîmes de cette conversation avec Lefaur, dans ses mensonges qui n'étaient sans doute même pas des mensonges mais des dénis de réalité, des illusions auxquelles il donnait vie et qui pouvaient tout balayer sur leur passage, comme des robots, des avatars de science-fiction. Surtout, ne pas argumenter avec Lefaur, ne pas entrer dans sa logique, ses impostures ou ses délires, ne pas discuter de la valeur réelle de son exemplaire dédicacé de *Mort à crédit* ! Que faire alors ? Qu'est-ce que la police aurait pu lui conseiller ?

Et toujours cette voix monocorde, blanche et lisse comme un rasoir.

« Tu as compris que je ne peux pas en rester là.

– Comment puis-je te joindre ?

– À quoi bon ? rétorqua Lefaur avec une logique impitoyable. À quoi bon ? Nous parlons, en ce moment. Nous sommes en contact, Charles, en contact. Comme si j'étais en face de toi ! »

Lefaur eut un petit rire. Et ce petit rire semblait braqué sur Charles, cran de sûreté dégagé. Se rendait-il compte, avec son rire, à quel point il menaçait Charles, le terrifiait ?

« Où habites-tu ? La ligne de ton portable a été coupée.

– C'est vrai, j'ai quelques soucis en ce moment, Charles. Veux-tu que je passe chez toi tout de suite pour solder cette affaire ?

– Impossible.

– Tu cherches à me dire que tu refuses de solder cette affaire ? Je ne veux pas de cette réponse, tu l'as compris, n'est-ce pas ? Je n'en veux pas. »

Charles recouvra son sang-froid. Il pouvait passer ainsi par des phases d'angoisse paralysante entre deux prises de décision. Lefaur était un fou furieux mais calme comme l'avait qualifié Clavreuil à bon droit. Charles n'avait qu'un moyen de sortir de là, au moins provisoirement : tergiverser, ne rien promettre, faire attendre. Comme on éloigne de la main une guêpe qui tournoie autour de sa tête dans l'espoir qu'elle trouvera une autre proie ou un autre objet de curiosité.

« Je te dis que j'ai besoin de réfléchir à notre conversation.

– À la valeur du livre ? Attention, ne cherche pas à me voler, Charles (et à chaque fois, le prénom de Charles revenait dans la bouche de Lefaur pour lui faire sentir le danger qui pesait sur lui, le tranchant de cette menace posée sur sa gorge), je ne l'accepterai pas, même de la part d'un ami, Charles... »

Charles renonça à le contredire, lui qui n'avait jamais été l'ami de Jean Lefaur, qui s'était contenté de le défendre autrefois en justice, et c'était bien, à la réflexion, la décision la plus catastrophique qu'il eût jamais prise dans sa vie professionnelle.

« ... Non, je ne l'accepterai pas, c'est un luxe que je n'ai plus les moyens de m'offrir aujourd'hui. J'ai été éditeur, je suis du métier, Charles, je connais la valeur de mon exemplaire de *Mort à crédit*.

– Je t'ai demandé comment te joindre.

– C'est moi qui...

– Non, je risque de partir pour deux ou trois jours, une affaire à plaider à Marseille. »

Qu'est-ce qu'il lui prenait d'énoncer des mensonges aussi pitoyables ? Lefaur pourrait très bien surveiller son immeuble, apercevoir de la lumière à ses fenêtres dans les jours à venir.

« Tes affaires marchent bien, Charles, je t'en félicite.

– Tu n'as pas un nouveau numéro de portable ?

– Si.

– J'écoute. »

Lefaur lui épela un numéro, qu'il nota.

« Tu m'appelleras demain sans faute, Charles. J'ai ta parole ? »

Cette fois, Charles appuya sur le pictogramme rouge. C'était si facile. Il bénit l'existence du pictogramme rouge et reposa l'appareil sur la table basse. Lefaur n'allait pas rappeler tout de suite. Il respira deux ou trois fois. De profondes inhalations.

*

Charles voulut sortir, retrouver l'air libre, penser à autre chose, croiser des gens normaux. Il pensa à Pierre Murr qu'il avait connu grâce à Nicole Chardaire, dans sa librairie L'Étrave. Comme lui, Pierre avait fréquenté l'école Massillon, mais il avait cinq ans de moins que Charles et ils ne pouvaient alors s'être liés d'amitié.

Longtemps Pierre avait travaillé comme critique de cinéma et critique littéraire au *Nouvel Observateur*, il avait publié des essais sur Venise, sur Rossini, quelques romans aussi. Il avait surtout consacré à Céline une thèse de doctorat qui avait paru en 1973 chez Gallimard. Pierre habitait quai d'Anjou, non loin de l'hôtel Lambert. Charles l'appela.

« J'aurais un renseignement à te demander sur Céline et *Mort à crédit.* »

Bien entendu, ce renseignement était un prétexte. Charles n'en était plus là avec Lefaur. Il avait d'abord le désir de parler, d'établir un contact avec un ami de longue date, de trouver un point fixe et se rassurer.

Pierre l'invita à déjeuner chez lui tout de suite, comme ça, à l'improviste.

« Mais vous n'êtes pas déjà à table ?

– Pas encore. Nicole sera ravie. Il y en aura sûrement assez pour nous trois, à la cuisine. »

Comment Pierre avait-il réussi à séduire Nicole et à l'épouser, à la fin des années soixante ? Il se le demandait encore et il n'était pas le seul, parmi les habitués et les anciens complices de la librairie, à se poser la question avec plus ou moins de dépit.

Charles accepta sans se faire prier.

Ils s'installèrent dans la petite cuisine de leur appartement, basse de plafond, en entresol au-dessus du bureau de Pierre. Par ses fenêtres basses, la vue plongeait sur l'eau vert bronze de la Seine. On se serait cru en bateau.

Charles chercha à amuser ses amis par le récit de ses mésaventures avec Jean Lefaur.

« Je me souviens de l'histoire de sa maison d'édition », dit Pierre.

Nicole, plus sensible, se mit à redouter le Lefaur d'aujourd'hui.

« On dirait le début d'un film d'épouvante, dit-elle.

– Ou d'un film comique, dit Pierre.

– Je ne suis pas sûr d'avoir envie de rire, répondit Charles. Mais pour en revenir à cette édition de *Mort à crédit*, Bernard Clavreuil m'a confirmé une nouvelle fois qu'elle n'avait pas tant de valeur, à cause des coupures.

– Bien sûr, les fameux retraits, par Céline lui-même, des passages censurés, avec les blancs à la place.

– Il y a eu beaucoup d'exemplaires tirés du texte intégral, avant les coupures ?

– Attends ! Je vais voir. »

Pierre se leva, retourna à sa bibliothèque, à l'étage au-dessous.

« Sur quoi travaille-t-il, demanda Charles à Nicole, profitant de son absence. À un nouveau livre, un roman ?

– Demande-lui ! Peut-être qu'il te répondra. À moi il ne dit jamais rien de ses livres en cours.

– Il a un livre en cours ?

– Oui. »

Ils avaient fini un reste de rôti de veau avec des courgettes à la vapeur. Nicole, en urgence, avait préparé une crème caramel qui sortait à peine du four, encore un peu trop chaude, et ils avaient le temps d'attendre.

Jeudi 21 octobre 2010

Pierre revint avec un gros volume intitulé *Bibliographie des écrits de Louis-Ferdinand Céline* de Jean-Pierre Dauphin et Pascal Fouché, publié par les soins de la Bibliothèque de littérature française contemporaine de l'université Paris 7, en 1985.

« C'est l'ouvrage de référence, même s'il y a eu des inédits, des volumes de correspondances publiés depuis lors. »

Il ouvrit le « Dauphin et Fouché », s'y plongea.

« L'année trente-six, voyons !... *Mort à crédit*... tirage de tête à mille douze exemplaires justifiés et numérotés, quarante-sept sur japon impérial, soixante-cinq sur hollande sous emboîtage aussi...

– Le mien en fait partie.

– Mais je ne vois rien sur les coupures. »

Il tourna quelques pages du volume.

« Attends ! Si ! Voilà ! Seuls les exemplaires H.C. sont en texte intégral, tous les autres, y compris les grands papiers, portent en page 8 la mention : "À la demande des éditeurs, L.-F. Céline a supprimé plusieurs phrases de son livre, et les phrases n'ont pas été remplacées. Elles figurent en blanc dans l'ouvrage..."

– Il y a eu beaucoup d'exemplaires hors commerce ? »

Pierre revint en arrière en feuilletant le volume.

« Si j'additionne les hors commerce sur japon, hollande pur fil et alfa, cela fait à peu près une centaine d'exemplaires. Autrement dit, ton ami Clavreuil a parfaitement raison. Les exemplaires qui ont une vraie valeur bibliophilique sont les seuls hors commerce avec le texte intégral.

– À propos, tu n'as jamais entendu parler, parmi les amies de Céline, d'une certaine Suzanne du Perray ?

– Suzanne du Perray ? Non, Charles, ça ne me dit rien, désolé. »

Ils redescendirent de la petite cuisine au grand salon par l'escalier intérieur. Nicole s'absenta un instant pour préparer le déjeuner de Zelda, la petite chatte noire du couple qui commençait à manifester son impatience – ou son appétit.

« Tu travailles sur quoi, Pierre ?

– Oh, tu sais… »

Il eut un geste vague, découragé. Est-il possible de parler d'un livre en chantier ?

« Tout est si fragile, si incertain, même si l'on croit tenir le nœud dramatique, le caractère des principaux personnages et parfois la conclusion de l'histoire. Je pense souvent à ce passage des mémoires de George Sand. Elle parle d'un dîner qui réunissait entre autres Balzac et Henri de Latouche, son compatriote du Berry, lequel avait tant fait pour elle, pour la plupart des écrivains romantiques, Vigny, Balzac bien sûr et les autres, à qui l'on doit la première édition et donc la découverte des poésies d'André Chénier, après sa mort, mais bon, c'est un autre sujet. À ce dîner, Latouche parlait de son roman en cours, qui se déroulait à Naples en 1800, au moment de la république parthénopéenne : un frère et une sœur tombaient amoureux à peu près en même temps d'un héros hermaphrodite qui apparaissait tantôt sous les traits d'un garçon, tantôt d'une fille, il y avait des batailles, des complots. Bref, tout le monde était suspendu aux lèvres de Latouche. "Et vous Balzac ?" Lui, il bredouillait. Son livre ? Oh rien, la vie d'un médecin à la campagne, il ne se passait pas grand-chose… Pauvre Balzac ! pensaient les invités… Et qui se souvient aujourd'hui des romans de Latouche, hein ? À part *Fragoletta* peut-être. Tu as lu *Fragoletta* ?

– Celui qui se passe à Naples ?

– Oui.

– Non, je ne l'ai pas lu.

– Tu devrais tout de même… »

Charles prit congé de ses amis.

Pierre le raccompagna à la porte.

« Est-ce que tu as encore un moment ? demanda-t-il à Charles.

– Bien sûr.

– J'ai une vague idée qui me poursuit, en ce moment…

– Un sujet de roman ?

– Pas un roman cette fois, non. Peut-être que tu pourrais m'aider.

– Si je peux.

– Je marche avec toi jusqu'au pont Marie. »

Ils laissèrent Nicole et Zelda, la petite chatte noire qui plongeait son museau dans un bol de blancs de poulet et de haricots verts coupés en petits morceaux, ils sortirent et firent quelques pas quai d'Anjou.

« Tu te souviens du Rendez-vous des mariniers ? demanda Pierre.

– Non.

– Ça devait être par là, dans cette partie du quai d'Anjou, avant l'Hôtel de la paix.

– Je me souviens de l'Hôtel de la paix.

– Je pense que le restaurant a dû fermer après la guerre, au grand maximum à la fin des années quarante.

– Qu'est-ce qu'il avait de spécial, ce Rendez-vous des mariniers ?

– Rien, c'était un bistrot comme un autre, assez populaire, avec sa clientèle d'habitués, des pêcheurs, des gens de l'île, des artisans, des commerçants du coin. Simenon en parle dans un de ses Maigret, je n'arrive plus à retrouver lequel, ça m'agace. Mais si tu savais le nombre de personnalités qui ont fréquenté le Rendez-vous des mariniers et qui en ont parlé !

– En plus de Maigret ?

– Il y a eu Rémy de Gourmont, d'abord. Le poète Jean de la Ville de Mirmont qui habitait quai d'Orléans y allait dîner tous les jeudis, il décrit l'atmosphère du café dans une lettre à sa mère, datée de 1912. J'ai trouvé grâce à Internet le texte intégral de cette lettre. Ce n'est pas tout : après 1918, John Dos Passos a loué une chambre chez la même Mme Lecomte, la propriétaire des lieux dont parlait déjà avec chaleur Jean de la Ville de Mirmont. Hemingway venait le rejoindre au Rendez-vous des mariniers. Dos Passos insiste beaucoup sur le restaurant, son atmosphère, la personnalité de Mme Lecomte dans son livre de souvenirs, *La Belle Vie*. Au 29, quai d'Anjou, un peu plus loin, il y avait le siège de la *Transatlantic Review* de Ford Maddox Ford, qui publiait Pound, Conrad, Gertrude Stein.

– Et eux sont venus aussi au Rendez-vous des mariniers ?

– Pour la plupart, oui, on peut l'imaginer, continua Pierre, mais il y a mieux, attends !

– J'attends.

– Nous parlions à l'instant de Céline, hein ? Eh bien, au Rendez-vous des mariniers, au début de l'année 1933, peu après la parution du *Voyage*, Ramon Fernandez a organisé un déjeuner, une rencontre entre Céline et… devine qui ?

– Pas la moindre idée.

– Mauriac.

– Comment tu sais tout ça ?

– C'est Dominique Fernandez, le fils de Ramon, qui a retrouvé la trace de ce déjeuner dans les carnets où sa mère consignait les rendez-vous de son mari, et qui m'en a parlé. Incroyable, non ? Cette rencontre des deux hommes qui n'ont rien à voir l'un avec l'autre, si ce n'est peut-être la fascination critique que Mauriac, le romancier catholique, l'illustre Mauriac, avait éprouvé pour le premier roman de cet inconnu qui, à l'évidence, n'avait pas de son côté grand-chose à lui dire ! »

L'enthousiasme de Pierre émut Charles.

« Et tu aimerais écrire un livre sur le Rendez-vous des mariniers ?

– Un roman, je te l'ai dit, non, je ne crois pas ! Une évocation, peut-être, un portrait de cette mystérieuse Mme Lecomte, une histoire autour d'elle, avec tous ses clients pendant une vingtaine d'années. Ton père ne t'a vraiment jamais parlé du Rendez-vous des mariniers ?

– Je ne m'en souviens pas.

– Il a dû s'y rendre, comme le mien.

– Probable, oui.

– Quand je pense que Nicole a eu entre les mains le livre d'or du Rendez-vous des mariniers, au début des années soixante ! Elle ouvrait tout juste sa librairie. Est-ce la même Mme Lecomte qui le lui avait confié et qui devait être une très vieille dame à l'époque ? Elle connaissait les parents de Nicole, qui tenaient le Café des sports. Entre collègues… Nicole n'avait pas trop prêté attention à ce livre, elle l'avait mis en vitrine dans sa librairie avant de le restituer à sa propriétaire. Il contenait les signatures d'Hemingway, de Dos Passos entre autres. Tu te rends compte ? C'est rageant ! Qu'est devenu ce livre d'or ? Comment retrouver la trace de sa propriétaire ?

Jeudi 21 octobre 2010

– Il n'y a plus de Mme Lecomte dans l'île Saint-Louis ?

– Non, mais toi, tu crois qu'il y aurait moyen de consulter de vieux registres du commerce, de savoir quand l'établissement a fermé, quelle était son adresse exacte, le 23, le 25, quai d'Anjou ? L'île a tellement changé, personne ne sait plus rien, il n'y a plus de mémoire de l'île.

– À part Nicole et toi.

– Mais avant nous ? Qui se souvient du Rendez-vous des mariniers ? »

Charles se jugeait parfois passéiste, trop engourdi par l'île, trop sensible à ses sirènes, à ses fantômes. Mais, à côté de Pierre, ce n'était rien. On trouve toujours plus mélancolique que soi, plus sensible aux temps révolus. Pierre, lui, avait du moins l'excuse d'écrire. Il transformait cette mélancolie en quelque chose de tangible : un texte, un livre. Alors que Charles, lui, se contentait de flâner, de vieillir, de plaider de temps à autre et de relire *Le Vicomte de Bragelonne*.

« Si tu trouves des renseignements sur ce Rendez-vous des mariniers, des pistes dans les vieux registres de commerce, pense à moi ! Et si l'envie te prend de relire les vieux Maigret et que tu tombes sur le Rendez-vous des mariniers, tu me signales le livre aussitôt.

– Promis, Pierre, je penserai à toi. »

*

« Cela mérite réflexion, chère madame, mais, comprenez-moi, je… j'ai un peu de peine, voyez-vous, à vous imaginer en patronne de garage ! »

Madeleine Lemonnier gloussa. Elle était d'excellente humeur, malgré ce temps maussade d'octobre, le blocage des raffineries et des dépôts de carburant qui semblait pourtant se lever peu à peu. Les stations-service devraient être réapprovisionnées dès la fin de la semaine et les Français partiraient en week-end en oubliant pour un temps leur retraite. Cramponnée à son déambulateur, de toute façon Madeleine Lemonnier ne songeait pas à partir en week-end et ces incertitudes ne l'affectaient en rien.

« Vous pourriez tout de même, mon cher voisin, vous entretenir un peu avec ce M. Treizeur que vous connaissez depuis longtemps, m'a dit Toma.

– Depuis l'école.

– Quelle est la valeur d'un garage comme le sien ? Combien rapporte-t-il ? En prenant un gérant comme notre ami Toma, je pourrais faire encore une très bonne affaire. »

Madeleine Lemonnier était non seulement d'excellente humeur mais elle avait aussi l'élégance de ceux qui ont la sagesse de se moquer d'eux-mêmes.

« Voyez-vous, reprit-elle, j'ai quelques économies et, à mon âge, si près de la mort, avec ma retraite qui me suffit bien… »

Elle leva la main, fataliste.

Charles songea à lui faire remarquer qu'à sa mort se poserait précisément le problème du garage s'il était devenu le sien. Avait-elle des héritiers désignés, des nièces, des neveux ? Que feraient-ils d'un garage ? Ils le vendraient, sans aucun doute, pour payer les droits de succession. L'emploi du malheureux Toma serait de nouveau menacé.

Il se garda néanmoins d'évoquer cette éventualité. Le moment n'était pas venu. Viendrait-il jamais ?

« Je vous promets, lui dit-il, d'en parler à Robert Treizeur, de le sonder un peu.

– Sans tarder ?

– Mais tout de suite si vous voulez ! »

De nouveau Madeleine Lemonnier gloussa.

« Je crains bien, ajouta-t-il, que le rachat d'un garage représente une somme assez élevée, sans compter la reprise du matériel, son remplacement s'il est périmé.

– Si ce prix est justifié, s'il s'agit d'un bon placement…

– En principe, il devrait être calculé sur le chiffre d'affaires du garage. Selon quels critères ? Et quel est ce chiffre d'affaires ? Je n'en ai pas la moindre idée. La somme sera importante sans doute.

– Que voulez-vous dire par importante ?

– Cinq cent mille euros, un million, plus encore… Franchement, je préfère ne pas m'avancer, je vous dirais des bêtises. »

Il avait lancé ces chiffres au demeurant vraisemblables pour décourager Madeleine Lemonnier, en finir avec des rêveries qui devaient excéder ses « économies », comme elle disait.

Rien ne la décourageait, pourtant.

« Si cette somme s'accorde avec le chiffre d'affaires, pourquoi pas ? Votre M. Treizeur est un honnête homme…

– J'en suis persuadé.

– Alors, tout va très bien ! J'ai fait un héritage, autrefois… d'une personne qui… Enfin, je ne vais pas vous raconter ma vie ! »

Ah, comme elle s'amusait, Madeleine Lemonnier !

Charles se demanda un instant si elle n'était pas atteinte de démence sénile, d'une incapacité à voir le monde – le versant ensoleillé et prodigue du syndrome qui affectait Jean Lefaur. Peut-être n'avait-elle que quelques milliers d'euros en banque, peut-être confondait-elle les francs, les anciens francs et les euros, mais à l'évidence elle s'amusait.

« Je me demande, lui dit-il, si vous ne devriez pas prendre l'avis de votre conseiller en patrimoine, à la banque. Vous en avez sûrement un, n'est-ce pas, pour gérer vos économies ?

– Si on suivait leurs conseils, mon jeune ami, on serait tous ruinés depuis belle lurette ! À mon âge, une simple assurance vie sécurisée, que demander de plus ?

– Un garage, voilà ce que vous demandez de plus.

– Oui, oui, un garage, c'est vrai ! »

La mimique de Madeleine Lemonnier, si pimpante dans son tailleur de couleur rose qui sentait le muguet, son chemisier brodé et une broche en or pour en fermer le col, faisait plaisir à voir. Pour rien au monde Charles n'aurait voulu ternir cette joie, l'innocence presque miraculeuse de cette joie qui, à lui aussi, faisait chaud au cœur. Il existait donc encore tant d'espièglerie dans la vie, tant de caprices heureux !

Madeleine Lemonnier aurait pu être l'héroïne d'une des vieilles comédies de Frank Capra qu'il avait tant aimées – cette façon de forcer le rêve dans la réalité, d'enchanter l'âpreté des rapports sociaux, politiques ou économiques avec un grain de folie et un peu d'altruisme. La vie est belle, laissait croire Madeleine Lemonnier. Il n'allait pas la contredire. Pas maintenant. La pesante, la triste et décourageante réalité la rattraperait bien assez vite, les désillusions triompheraient tôt ou tard. Il ne hâterait rien. Au contraire, Charles aurait aimé que les films de Frank Capra ne s'arrêtent jamais, que ses scénarios se superposent et se confondent avec la vie, hors des écrans.

*

Treizeur invita Charles à le suivre dans son cagibi, à droite de l'atelier. Il fallait grimper trois marches pour y accéder. S'y accumulaient, contre les murs et sur le bureau, des classeurs, des dossiers, des brochures techniques. La peinture n'y avait pas été refaite depuis des dizaines d'années, et les affiches qui couvraient les murs, à la gloire des Simca Panhard, des pneumatiques Michelin et des pin-up des bougies Martel, dataient de l'époque des peintures.

Charles s'assit en face de Treizeur et le mit rapidement au courant des lubies de la vieille dame du dessus.

« Et elle ferait ça, l'interrompit le garagiste, pour venir en aide à Toma, pour qu'il garde son emploi, pour qu'il devienne gérant si je vendais le garage ?

– Précisément, il vaut combien, ton fonds de commerce, si je ne suis pas indiscret ?

– Approximativement un million d'euros.

– C'est ce que j'imaginais.

– C'est-à-dire trois années de chiffre d'affaires à peu de choses près, si je garde la propriété des murs, bien entendu, avec un loyer mensuel d'environ deux mille cinq cents euros, mais cette dame, elle pense pour de bon à ça, à ce projet ? Tu es sûr qu'elle a toute sa tête ?

– Un garçon comme Toma aurait l'étoffe de gérer un garage comme le tien ?

– Sans doute, mais je ne crois pas que la question se pose.

– Mme Lemonnier, elle, se pose la question.

– Son idée est parfaitement absurde. Quand on achète une affaire comme la mienne, il faut s'en occuper, sinon…

– J'ai tenté de le lui dire.

– Mais avant tout, encore faudrait-il savoir si notre ami Toma a vraiment le désir de rester ici, dans ce garage, si c'est son ambition, même, d'en devenir le patron.

– Tu crois que… »

Treizeur se pencha au-dessus de son bureau et baissa la voix :

« Toma ne va pas bien du tout, depuis que ce type a été égorgé sur le trottoir, pratiquement devant lui. Il rumine. Il est plus sombre, plus taiseux comme on dit par chez nous. Tu devrais lui parler.

– Volontiers, mais…

– Il sursaute pour un rien. Il a peur. Le garage lui-même lui fait peur. Il aimerait partir. Il me l'a dit.

– À ce point ?

– Oui, à ce point ! Il me donne l'impression d'être… traqué. Traqué, menacé, c'est cela. Comme si le tueur était à sa poursuite, voulait se défaire du seul témoin de son crime. Comme si une organisation mafieuse était à ses trousses. J'exagère, d'accord ! Le pauvre Toma a sans doute vu trop de séries policières à la télé, mais il n'en reste pas moins que… »

Treizeur se força à sourire mais le cœur n'y était pas.

« Tu devrais lui parler, Charles, j'insiste. Tu saurais mieux que moi. Il t'écouterait. »

Par la baie vitrée qui, du cagibi, dominait l'atelier, Charles aperçut Toma occupé à démonter une roue, à en changer le pneu.

« Tu en es où, pour ta part, de tes projets ? demanda-t-il au garagiste.

– Nulle part. L'équipe commerciale de Renault ne m'a encore fait aucune offre chiffrée pour un partenariat, et je ne suis pas sûr, à la réflexion, que cela valoriserait l'affaire, si je voulais la vendre. J'hésite encore. »

Charles quitta Treizeur, descendit les trois marches raides et se dirigea vers Toma qui se contenta de le saluer d'un geste, car il était trop maculé d'huile pour lui serrer la main.

Charles lui demanda s'il avait eu d'autres contacts avec la police et Toma lui répondit que non. Il était revenu une fois Quai des Orfèvres pour aider des spécialistes à dresser un portrait de l'assassin, mais cela n'avait pas été concluant, il n'était pas parvenu à fixer un trait, un caractère précis. Pourtant, s'il rencontrait l'homme, il était sûr, oui, absolument sûr de le reconnaître, cet homme, mais il ne tenait pas du tout à le rencontrer, ah non, pour rien au monde !

Toma se contraignit à sourire, comme s'il exprimait là une sorte de caprice ou d'idée fixe qu'il fallait excuser, et, tout en souriant, il jeta un regard sur le trottoir comme si le tueur, pour l'avoir ainsi évoqué, risquait de se matérialiser devant lui, de le menacer – un coup d'œil bref mais dont Charles comprit l'intention, alors qu'il se sentait lui-même sous la surveillance de Treizeur resté dans son bureau.

« Moi aussi Toma, à ta place, je suis sûr que je ressentirais la même chose, que je n'oublierais rien.

– Vous, c'est différent, vous avez l'habitude…

– L'habitude de quoi ? De voir le sang couler sur le trottoir, de voir un homme mourir sous mes yeux ? Non, Toma, je n'en ai pas l'habitude. Je crois que personne de normal n'en aura jamais l'habitude. »

Toma remit en place, sur la voiture juchée sur le pont élévateur, la roue équipée de son nouveau pneu, puis dévissa et détacha les autres roues.

Charles le suivit.

« Tu aimerais diriger un garage comme celui-ci, si Treizeur devait partir ? »

Toma posa par terre la roue qu'il tenait. Il regarda Charles sans comprendre, haussa les épaules, sourit à nouveau avec douceur, incapable de rétorquer à une question aussi absurde, mais il constata que Charles était sérieux, qu'il lui devait donc une réponse sérieuse, une vraie réponse. Il continua de faire rouler la nouvelle roue jusqu'à l'établi, le temps de peser ses mots.

« Non, lui dit-il. Pas ce garage-ci ! Je… »

Puis il se tut, vaincu.

Comment aurait-il pu expliquer à Charles que cet homme qui avait croisé son regard, qui s'était redressé d'un bond, qui l'avait blessé en le bousculant, en s'enfuyant, n'avait cessé de le hanter, que la victime qu'il n'avait pas considéré de prime abord comme une victime, mais comme un tas de… de quelque chose, il ne cessait non plus de la voir, depuis qu'il s'était rapproché et avait compris : les yeux écarquillés, les yeux morts, le soubresaut du corps, le sang qui s'écoulait, ce sang qu'il avait refusé de voir, qui ne cessait de couler dans ses visions, ses pensées, ses cauchemars, le sang, le tueur, l'homme égorgé, tout cela qui vivait encore en lui, plus vrai que le garage de Robert Treizeur où il travaillait, où il changeait les pneus des voitures, qui n'était que le terreau de ses visions, de ses peurs, le garage et le trottoir devant ce garage qu'il voulait quitter, oublier une fois pour toutes… Comment aurait-il pu expliquer à Charles ce qu'il s'expliquait si mal à lui-même, qu'il était malheureux au garage, qu'il avait peur et souhaitait partir.

Charles le laissa une seconde à ses pensées et reprit :

« Tu as d'autres projets en tête ?

– Un ami polonais, Lukasz Brzuskiewicz, crée une petite affaire avec des artisans, des peintres, des carreleurs, des plombiers, pour prendre en charge tous les travaux d'une maison, la restaurer, quoi !

– Et ça t'intéresse ?

– Pourquoi pas ?

– Tu n'arrives pas à oublier ici ?

– C'est… c'est difficile d'oublier.

– Très difficile, oui », l'approuva Charles.

Il posa la main sur l'épaule de Toma en guise d'au revoir. Le jeune Polonais s'empara de la roue à pleins bras, la hissa et la cala sur l'établi avant de rattraper Charles sur le trottoir :

« Mais pourquoi vous me demandiez ça, cette histoire de diriger ?

– On aurait pu envisager beaucoup d'hypothèses.

– Vous croyez que M. Treizeur va vendre son garage tout de suite ?

– Tout de suite, je ne crois pas, mais un jour ou l'autre, oui, il aspire à se retirer.

– C'est normal.

– Tu devrais parler de tes projets à Mme Lemonnier.

– Oui, bien sûr », répondit Toma distraitement.

Il laissa Charles s'éloigner.

Toma ne comprenait pas très bien ce que Charles avait voulu dire par « hypothèses », mais il y avait tant de choses qu'il ne comprenait pas, auxquelles il se heurtait : l'inconstance des femmes, la désinvolture de Dorothy, le secret des affaires, la violence des hommes. Il jeta un regard sur le trottoir, à droite, à gauche, pour surveiller qui s'approchait, qui s'éloignait, avant de retrouver son établi pour déjanter le dernier pneumatique.

Charles, lui, s'était laissé gagner par l'inquiétude du jeune Polonais. À mesure qu'il vieillissait, il se sentait plus vulnérable, plus poreux aux souffrances, aux angoisses ou aux idées fixes de ceux qui l'entouraient, dont il partageait la vie. Bouleversé par la mort de Porthos et le chagrin qu'éprouvait d'Artagnan à la lecture du testament de son ami, traqué par la violence qui avait gagné l'île Saint-Louis et qui hantait Toma, obsédé depuis tout à l'heure par le Rendez-vous des mariniers, comme si ce bistrot existait toujours : autant de chagrins ou d'obsessions sur lesquels venaient se déposer les menaces peu déguisées de Jean Lefaur.

Il repensa au conseil de Clavreuil.

Il se rendit au commissariat de police du boulevard Bourdon.

*

En traversant le pont Marie, Charles se sentit de nouveau apaisé. Il rentrait chez lui. Dès le milieu du pont, il était chez lui. Les voitures qui passaient de la rive droite à la rive gauche, l'autobus 67 qui déposait ses passagers à l'arrêt de la rue des Deux-Ponts, juste après le croisement avec la rue Saint-Louis, devant la crêperie pour touristes, cette animation, cette circulation semblaient appartenir en propre à l'île Saint-Louis. Tout était immuable. Il aurait pu fermer les yeux, il aurait retrouvé chacun des éléments du décor, et, s'il avait été peintre, il aurait restitué aussi dans son atelier la lumière grise qui baignait l'île, l'éclaircie du ciel à l'ouest, derrière l'église Saint-Gervais et le fronton du théâtre du Châtelet, sans oublier la brutalité d'ombre chinoise du Panthéon qui surplombait la montagne Sainte-Geneviève et dominait de loin les quais de Béthune et d'Orléans.

L'île Saint-Louis l'apaisait parce que l'île Saint-Louis était en place et qu'il en connaissait chaque recoin. Le seul grand jeu ou le seul petit frisson que l'île lui réservait consistait pour lui à imaginer les boutiques disparues, les bâtiments reconstruits ou démolis – et ils n'étaient pas si nombreux ! Cet immeuble moderne sans esprit, à la pierre couleur crème, qui s'élevait au coin du quai d'Anjou et de la rue des Deux-Ponts, sa boutique où des bagages Vuitton, des objets de décoration modern style, des bagues et des montres anciennes s'affichaient en vitrine et que gardait un chien husky, Charles pouvait l'effacer et rétablir le terrain vague protégé par une palissade qui, pendant des décennies, l'avait précédé là. Sur le mur aveugle de l'immeuble de la rue des Deux-Ponts qui le surplombait, une gigantesque peinture délavée rappelait qu'une boutique à l'enseigne du Petit Matelot (où César Birotteau, le héros de Balzac, avait fait ses premiers pas dans le commerce) occupait jadis les lieux. Charles revoyait aussi sur les palissades les affiches du Parti communiste qui avaient profondément marqué l'enfant qu'il était. L'ombre de l'Allemagne surgissait de son antre comme un ogre pour fondre sur la France. « En moins d'un siècle, trois invasions du militarisme allemand ! » Les communistes aux ordres de Moscou s'insurgeaient contre les premiers rapprochements franco-allemands d'après-guerre, le projet de Communauté européenne de défense esquissé dès 1950, la Communauté européenne du charbon et de l'acier adoptée un an plus tard – toutes choses qui lui étaient incompréhensibles, mais pas cette affiche de terreur sur la palissade du quai d'Anjou et de la rue des Deux-Ponts, interdisant l'accès de ce terrain vague qui n'aurait jamais dû cesser d'être un terrain vague, par habitude et donc par droit.

Jean Lefaur ressemblait-il aujourd'hui à ce monstre noir et griffu des affiches du Parti communiste, disposé à fondre sur l'île Saint-Louis, à en menacer l'intégrité et la paix ?

Charles avait hésité à se rendre au commissariat du boulevard Bourdon, mais il se félicitait maintenant de l'avoir fait.

À l'agent de réception à qui il s'était présenté comme avocat, il avait demandé à parler à un officier. Quelques minutes plus tard, au lieutenant Albertini, qui n'avait pas trente ans et l'avait reçu, il avait résumé les circonstances de la vie de Lefaur, son comportement, ses menaces voilées, ses mensonges pathologiques. Albertini lui avait demandé de lui décrire son homme. Il avait eu du mal. Lefaur était quelconque jusqu'à l'angoisse. Non, Charles ne souhaitait pas porter plainte – sous quel motif ? Il avait récupéré son exemplaire volé de *Mort à crédit* après tout.

À la surprise de Charles, Albertini avait lu *Mort à crédit*. Ils avaient échangé quelques généralités sur l'écrivain, sa violence sans éclaircies. Peu après, Albertini avait noté l'identité de Jean Lefaur, inscrit le nouveau numéro de son portable.

« Il me paraît à bout de course, sans argent, prêt à tous les expédients, lui avait dit Charles.

– À tous les expédients, vous iriez jusque-là ?

– Je ne sais pas. Peut-être, oui. Il me fait peur. Vous allez tenter de le retrouver ?

– À vous entendre, ce serait le commencement de la sagesse. »

Avant de se séparer, le policier lui avait donné son numéro personnel.

« Nous restons en contact », lui avait-il dit encore.

Charles pensait que la police ne procéderait à aucune enquête, qu'elle avait d'autres missions, d'autres urgences. Tout de même, il s'était *délivré* de Lefaur au commissariat, comme s'il l'avait laissé là, à la garde du lieutenant Albertini. Cette impression était absurde, il en avait conscience, mais tout de même… Il retrouvait son île, sa routine, son passé, ses fantômes inoffensifs.

Une BMW gris métallisé le dépassa quai de Bourbon et il crut reconnaître Dorothy plongée dans une conversation animée avec le conducteur qui ralentit, fit un créneau et se gara devant le bateau de leur porte cochère.

Charles s'arrêta, s'accouda au parapet. Par discrétion ou timidité, il ne le savait pas. Pour laisser à la jeune fille le temps de saluer au moins l'homme qui la raccompagnait ou de continuer d'argumenter avec lui avant de gagner son logement sous les toits. Par peur aussi, même si c'était plus dur pour lui à reconnaître, de se mesurer à Dorothy.

Il la vit sortir de la voiture, claquer avec violence la portière derrière elle pour la rouvrir aussitôt afin de reprendre le sac qu'elle avait oublié sur le siège et la claquer de nouveau, un peu moins fort cependant, comme si sa rage s'était épuisée. Le conducteur prit-il cette atténuation du claquement de portière pour une forme d'encouragement ou de reddition ? Il descendit à son tour de la BMW et rattrapa Dorothy qui s'apprêtait à pousser la porte cochère. Il la prit par le bras. Elle se retourna, prête à griffer, à mordre. Il parlementa. Elle hocha la tête en signe de dénégation. Il insista.

Que pouvaient-ils se dire ?

Charles était trop éloigné pour capter le moindre mot, et du reste il n'y tenait pas. La scène muette lui suffisait ou, mieux, l'enchantait par son côté comique, l'imagination qu'il lui fallait déployer pour deviner les raisons de l'affrontement.

Au bout d'un instant, Dorothy renonça à parlementer. Elle baissa les bras et son sac à bandoulière, qu'elle tenait à la main, racla le trottoir. L'homme en pardessus poil de chameau, qui devait approcher de la cinquantaine, dont les cheveux commençaient à s'argenter, se persuada sans doute qu'il avait eu gain de cause. Il s'approcha plus près de la jeune fille, posa ses deux mains sur ses épaules et voulut l'embrasser, mais elle remonta son bras, interposa son sac entre eux, comme un bouclier, et l'écarta.

L'homme dut prononcer alors le mot qu'il ne fallait pas, le mot de trop, et Dorothy le gifla.

Il resta un moment sans réagir.

Elle poussa la porte et disparut.

Au bout d'un instant, le vieux beau argenté (même s'il était plus jeune que Charles) remonta avec lenteur dans sa BMW, il ne claqua pas la portière, redémarra et, avec prudence, presque au ralenti, gagna le bout du quai de Bourbon et n'oublia pas de mettre son clignotant à droite avant d'emprunter le pont Louis-Philippe.

Disparition de l'amant éconduit. Fin du film muet. Entracte.

Charles quitta son fauteuil d'orchestre (ou son parapet) et entreprit à son tour de regagner son domicile.

Au pied des marches, Dorothy l'attendait. Elle avait son mouchoir à la main. Ses yeux étaient congestionnés. Ou peut-être qu'elle ne l'attendait pas, qu'elle tenait simplement à reprendre son souffle ou ses esprits, à retrouver une contenance avant de gravir l'escalier.

« Salut, Charlie, lui dit-elle d'une voix absente.

– Bonsoir, Dorothy. »

Il se demanda s'il allait simplement passer devant elle, faire mine de ne pas s'apercevoir de son état, ou, au contraire, lui dire un mot, la consoler, mais de quoi ? Elle avait infligé une claque assez vigoureuse au vieux beau en BMW gris métallisé, le type même de voiture qu'il détestait, faite pour les nouveaux riches, les cadres commerciaux qui jouent au golf ou les caïds de banlieue enrichis dans la drogue. Il approuvait Dorothy d'avoir giflé son propriétaire. Il était par principe du côté des filles qui giflent leurs séducteurs et les conducteurs de BMW.

Il dépassa Dorothy et gravit quelques marches.

« Tu as vu ce qui s'est passé, hein ? »

Il s'arrêta net, se tourna vers elle qui montait les marches pour revenir à sa hauteur, mais elle n'était pas à sa hauteur, elle le dépassait parce qu'elle était grande, de la même taille que Charles, un mètre soixante-seize, mettons, et qu'au surplus elle portait cette fois des talons.

« Ne me dis pas le contraire, ajouta-t-elle pour lui éviter de mentir (ce qui était fort charitable de sa part), je t'ai aperçu derrière nous, tu as assisté à toute la…

– La représentation ?

– La représentation, oui, si tu veux, l'approuva-t-elle en reniflant.

– La deuxième représentation en quinze jours ? Avec Marc, c'était la générale…

– C'est quoi, la générale ?

– La répétition générale avant la première représentation, si tu préfères.

– On dit la générale ?

– Oui.

– Eh bien, au moins, j'ai appris quelque chose aujourd'hui, dit-elle en se tamponnant les yeux. Je n'ai pas tout perdu.

– Tu jouais l'autre fois avec un meilleur partenaire, le pauvre Marc, mais peu importe !

– Ce n'est pas gentil de te moquer de moi.

– On se moque des gens qu'on aime bien, tu ne crois pas ?

– Je… je ne crois pas, Charlie. »

Elle était redevenue grave, petite fille au visage chiffonné et concentré, accablée de chagrin, ce que Charles ne parvenait pas à comprendre.

Il monta une nouvelle marche.

« Mais qu'est-ce qui ne va pas, Dorothy ? Si tu as giflé ce type, c'est qu'il l'avait mérité. Je me trompe ?

– Non.

– Et ce n'était pas ton patron.

– Le directeur de Plon ? Bien sûr que non.

– Je le sais, je l'aurais reconnu.

– Parce que tu le connais ?

– Olivier Orban ? Bien entendu. C'est un homme courtois et marié à une très jolie femme, une romancière, par-dessus le marché.

– Celui-ci prétend qu'il est veuf.

– Il prétend seulement ?

– Je m'en fous. Je l'ai connu cet été. Il travaille dans la publicité.

– Un mauvais point pour lui. Tu aurais dû te méfier.

– Oui, j'aurais dû.

– Au moins Marc ne travaille pas dans la publicité.

– La banque, tu crois que c'est mieux ?

– Oui, un peu », lui dit-il, sans être convaincu de ce qu'il affirmait.

Elle lui sourit avec moins de réserve.

« Tu... tu es adorable, Charlie, mais les hommes, si tu savais, sont des...

– Des goujats ?

– C'est quoi, des goujats ?

– Des sagouins, des malotrus, des gorets, des butors, des paltoquets, des gougnafiers, des bachi-bouzouks, des sapajous, des…

– Arrête ! Tous ces mots bizarres…

– Tu aurais intérêt à les apprendre, Dorothy, tu en aurais l'usage pour varier un peu les plaisirs de l'insulte. Allez, courage, mademoiselle !

– Courage, courage ! Facile à dire…

– Bien sûr, il y a le mot salaud. Il est facile à employer, mais il est vulgaire, évident, il manque de pittoresque.

– Salaud, je connais… Mais celui-là, il est pire que les autres, plus salaud encore. Si tu savais ce qu'il voulait… Enfin non, mieux vaut ne pas le savoir !

– À ce point ?

– Et en plus, tu as vu, il a voulu m'embrasser.

– J'ai vu.

– Ce n'est tout de même pas une raison parce qu'une fois j'ai…

– J'ai… tu as couché avec lui pour que… pour qu'il se permette de t'embrasser ensuite, d'accord ! »

Elle éclata d'un rire plus franc.

« Mais non, qu'est-ce que tu vas imaginer ? »

Elle remonta sur la même marche que lui, s'approcha, se tint contre lui.

« Attention ! Je n'ai pas une BMW gris métallisé, moi ! Je n'ai même pas de voiture.

– Je le sais, tu es unique, Charlie. »

Elle l'embrassa sur les lèvres.

« Si tous les hommes étaient comme toi.

– Si tous les hommes étaient des vieillards, tu veux dire ? »

Il la repoussa sans violence. Il était troublé, mais ça ne regardait que lui.

« Ne sois pas ridicule, Charlie ! »

Ridicule, voilà ! Il était à un âge où le ridicule le menaçait, le ridicule de se retrouver enlacé à une femme de plus de quarante ans sa cadette. Il ne tenait pas à tomber dans ce ridicule ou cette indécence, mais il devait se cramponner pour ne pas tomber.

Dorothy portait un blouson en denim sur un tee-shirt blanc où s'imprimait le profil d'un corbeau au bec et à l'œil redoutables. Un « B » s'inscrivait au-dessus du volatile.

« Qu'est-ce que ça veut dire, ce « B » ? lui demanda-t-il à la recherche d'une diversion, n'importe laquelle.

– Baltimore. Un copain me l'a donné… Il te plaît, mon corbeau ?

– Il fait peur.

– Je te fais peur ?

– Les femmes et les corbeaux font toujours peur.

– Arrête, Charlie, je ne te crois pas.

– Peu importe ! »

Ils se dévisagèrent un instant, incertains de ce qui allait suivre.

Dorothy reprit le fil de leur conversation – ou de leur diversion.

« Mon copain vient de là-bas, il supporte l'équipe de football américain de sa ville, The Raven of Baltimore (et elle prononça ces derniers mots avec son irréprochable accent anglais qui émerveillait Charles et l'attendrissait tant).

– Normal, lui dit-il.

– Qu'est-ce qui est normal ?

– Un corbeau comme enseigne, pour Baltimore. »

Elle le dévisagea avec incrédulité – et déception. Il s'éloignait d'elle.

« Mais qu'est-ce que tu y connais, au football américain ?

– Rien.

– Alors, pourquoi tu dis que c'est normal, cette histoire de corbeau ?

– On peut deviner, c'est tout.

– Quoi ?

– Les corbeaux. »

Charles s'accrochait à sa diversion. Il gravit une marche ou deux, se retourna encore vers elle, il ne risquait plus de tomber.

« Vous devriez savoir, mademoiselle, que Baltimore est la ville natale d'Edgar Allan Poe et que l'un de ses écrits les plus célèbres s'appelle *Le*

Corbeau. Je suis prêt à parier que l'emblème du corbeau vient de là. »

Elle le regarda, suffoquée.

À peine connaissait-elle le nom d'Edgar Poe, qu'elle n'avait jamais lu. Elle s'en fichait, bien sûr. Mais, d'un autre côté, toutes ces connaissances de Charles l'impressionnaient, en tout cas l'éloignaient d'elle.

Il le comprit.

Ce n'était pas les quarante ans et plus de différence qui les opposaient, c'était d'abord sa culture, sa mémoire, les milliers de livres qu'il avait lus et qu'elle ne lirait jamais, les trente-deux sonates pour piano de Beethoven qu'il écoutait sans cesse et qu'elle devait ignorer, les films de Robert Bresson dont elle n'avait jamais entendu parler, la mort de Porthos dont elle ne porterait jamais le deuil, c'était le corbeau à l'œil et au bec redoutables qu'elle arborait sur son tee-shirt alors que lui seul savait ou devinait pourquoi…

Quelles complicités auraient pu s'établir entre eux deux ?

Elle grimpa les marches quatre à quatre.

« *Bye*, Charlie ! » lui lança-t-elle depuis le palier.

VENDREDI 22 OCTOBRE 2010

Charles s'efforça d'oublier pour un temps Jean Lefaur. Il n'oubliait pas Dorothy. Elle aurait pu être la lointaine petite sœur louchonne d'Audrey Hepburn quand celle-ci tournait *Breakfast at Tiffany's* sous la direction de Blake Edwards, ou cette grande sauterelle de Mireille Darc dans les premiers films de Georges Lautner, pour ne rien dire de Jane Birkin à ses débuts, qui se complaisait à interpréter les écervelées ou les ingénues libertines tout juste débarquées d'Angleterre. L'associer ainsi à des actrices qu'il avait aimées (surtout Audrey Hepburn) lui permettait de la tenir à distance, de se laisser séduire sans trop de danger, à l'abri, de l'autre côté de l'écran – et il souhaitait bien du plaisir aux hommes qui se risqueraient à partager sa vie.

Il passa ce matin-là chez Madeleine Lemonnier. Il le lui avait promis. La retrouver lui faisait chaud au cœur. Il aurait voulu que toutes les femmes qu'il avait connues et aimées vieillissent comme elle, avec cette lumière, cette ténacité indulgente et peut-être aussi cette innocence rieuse que sa voisine affichait en dépit de ses infirmités.

Il avait sonné et elle lui avait crié d'entrer. Elle attendait la gardienne pour un peu de ménage. Sa porte était restée ouverte.

Il la trouva assise dans son fauteuil, drapée dans une robe de chambre bleu pâle, devant elle le déambulateur sur lequel elle appuyait les mains.

« À cette heure, qu'est-ce que je peux vous offrir ? lui demanda-t-elle.

– À cette heure, vous ne pouvez rien m'offrir ou je ne veux rien accepter, mais je vous remercie. »

Elle n'insista pas.

« Évidemment, vous devez penser en me voyant que cette histoire de garage est pure folie. C'est vrai. Eh bien, où en sommes-nous ? Vous avez vu le patron, comme vous me l'aviez promis ?

– Oui, je l'ai vu, mais... Toma ne vous a rien dit de notre rencontre ?

– Vous avez parlé à Toma de mes projets ? »

Elle hocha la tête d'un air désolé. Il y avait en elle plus de douceur, plus d'innocence et par conséquent plus de jeunesse que chez Dorothy, si rieuse mais si dure, aux caprices et aux colères déployés avec une science déjà accomplie.

Peut-être que la jeunesse de Madeleine Lemonnier tenait aussi à son regard. En raison de la macula dont elle souffrait, elle ne distinguait que des ombres en périphérie de son champ de vision. Bien assez pour vivre, se déplacer chez elle, reconnaître ses visiteurs ou deviner leurs silhouettes, mais dans ce regard s'étaient glissés comme un flottement, une indécision, et ce flottement ou cette indécision avaient quelque chose de paisible, de confiant, le contraire de l'œil prédateur du corbeau de l'équipe de football américain de Baltimore.

Il n'y avait plus guère d'innocence chez la jeune Anglaise, elle avait basculé de l'autre côté, du côté des femmes qui séduisent et non de celles qui hésitent, ne voient dans le monde qu'une terre étrangère contre laquelle elles se protègent par la douceur de leur ignorance ou la résignation du grand âge…

« Mais non, rassurez-vous, lui dit Charles, je n'ai rien confié de vos projets à notre ami Toma, je vous l'avais promis.

– Il m'inquiète, ce jeune homme.

– Il m'inquiète, moi aussi… Et la vérité, c'est qu'il ne se sent pas bien au garage, il rumine ses pensées.

– Ce que vous dites ne m'étonne pas, soupira-t-elle.

– Il envisage de changer de métier, il pense à une autre voie, l'artisanat, avec un ami polonais dont je n'ai pas retenu le nom.

– Il m'a parlé un jour d'un ami polonais qui était peintre ou plombier, je ne sais plus.

– Ce doit être le même. Je lui ai suggéré de vous parler de ses nouveaux projets. Vous l'avez vu, hier soir ?

– Il est passé à l'heure du dîner. Il m'a lu les grands titres du *Monde*, rien de palpitant. Peut-être un article sur Elvis Presley, un spectacle incroyable monté à Las Vegas, à sa gloire. Ça semblait intéresser Toma. Les jeunes redécouvrent Elvis Presley, c'est étrange. »

Elle était triste, Madeleine Lemonnier, de devoir renoncer à son rêve du garage.

« Mais il ne m'a rien dit de plus précis, ajouta-t-elle.

– Ne regrettez rien, chère amie. Un garage comme le Sully vaut un million d'euros, trois années de chiffre d'affaires. Treizeur me l'a précisé.

– Évidemment, soupira-t-elle.

– Un jour ou l'autre, assez vite peut-être, Toma pourrait avoir tout de même besoin d'aide.

– Vous croyez ? lui demanda-t-elle, les yeux fixés sur lui ou à peu près sur lui, dilatés soudain d'un éclat tempéré entre espoir et doute.

– Ce garçon réussira, j'en suis persuadé. Il est travailleur, imaginatif, habile de ses mains. Et s'il devait un jour monter sa propre petite affaire d'artisanat, nous serions là pour l'aider, n'est-ce pas ?

– Vous êtes vraiment très gentil pour ce garçon, mon cher voisin.

– Vous aussi.

– Oh, moi, ce n'est pas la même chose.

– D'accord, il vous tient au courant des derniers shows de Las Vegas, pas moi !

– Tout de même, un garage, ç'aurait été amusant ! »

Madeleine Lemonnier regarda Charles. Et peut-être, derrière Charles qu'elle ne faisait que deviner, avait-elle aperçu un instant comme une chimère, la dernière et peut-être même la première folie de sa vie, qu'elle n'accomplirait pas.

*

En fin d'après-midi, le lieutenant Albertini téléphona à Charles.

À sa voix, Charles comprit d'emblée qu'il était soucieux.

« J'ai pris quelques renseignements, monsieur Ballanche, sur votre ami Jean Lefaur.

– Oh, mon ami…

– Il a fait l'objet de plusieurs plaintes pour grivèlerie dans des hôtels. Tout a commencé pour nous – pour la police je veux dire – il y a un an, quand il a été arrêté dans un magasin de chaussures, Heschung, rue de Sévigné.

– Parce qu'il refusait de payer ?

– Parce qu'il faisait surtout du scandale dans la boutique et menaçait la vendeuse qui ne voulait pas le laisser partir sans payer. Tout juste s'il ne lui donnait pas des ordres, comme s'il était le propriétaire des lieux. Il y avait des pompiers qui passaient par là – il y a une caserne de pompiers à côté…

– Je la connais.

– Ils ont été attirés par le bruit, ils sont parvenus à maîtriser Lefaur, il délirait, ils l'ont conduit à l'hôpital, tout en prévenant la police.

– À ce point ?

– À ce point, oui. Il a passé plusieurs semaines dans le service du Pr Jean-Pierre Olié, à Sainte-Anne.

– Et après ?

– Attendez ! J'ai eu un des assistants du professeur au téléphone. Il n'a rien voulu me dire. Secret médical et la suite… J'ai insisté, je lui ai parlé du comportement menaçant de Lefaur qui était en liberté, insaisissable. Il m'a dit qu'il réfléchirait.

– Il a réfléchi ?

– Il m'a rappelé une heure plus tard.

– Pour vous dire ?

– Il a refusé d'entrer dans les détails, il s'est contenté d'évoquer devant moi, en termes généraux, les cas de patients atteints de schizophrénie avec des délires de persécution paranoïde.

– C'est grave ?

– Pour le malade, oui ; pour les autres non. Dans la plupart des cas, du moins, tant que le patient se soigne.

– Et dans le cas de Lefaur ?

– Il s'est contenté de me faire savoir que Lefaur était sorti de l'hôpital début septembre, après plusieurs séjours auxquels il s'était rendu de son plein gré.

– Il pense donc que tout va pour le mieux, ou le moins mal possible ?

– Non, tout ne va pas bien du tout. Lefaur ne s'est pas rendu aux dernières consultations prévues. On devait lui renouveler depuis longtemps ses neuroleptiques antidélirants. »

L'image revint à Charles en un éclair de Lefaur, attablé en face de lui à L'Escale, sortant de sa poche un tube de médicaments, un tube vide.

« Voyez-vous, monsieur Ballanche, si vous reprenez contact avec ce Jean Lefaur…

– Mais je ne tiens pas à… Je vous ai donné le numéro de portable qu'il m'avait indiqué.

– Nous avons essayé. Personne ne répond.

– Comment voulez-vous que moi…

– Pardonnez-moi ! Si Lefaur reprend contact avec vous, je vous en prie, appelez-moi le plus vite possible.

– Pour le faire hospitaliser ? »

Albertini hésita avant de répondre :

« Pour le faire hospitaliser, oui. »

SAMEDI 23 OCTOBRE 2010

Mme Pereira avait nettoyé à grande eau l'accès à l'immeuble sous la porte cochère, la cour et le hall derrière la porte vitrée avant de passer l'aspirateur du haut en bas de la cage d'escalier.

Son aspirateur, c'était la musique des étages, la musique du samedi. Pour chacun des occupants, son vrombissement croissait, culminait et s'éloignait selon l'heure. Il était rassurant. Comme tout ce qui est attendu et inoffensif à la fois.

Il restait à Mme Pereira le deuxième et le premier. Autrement dit, il devait être près de dix heures du matin.

Du hall encore luisant d'humidité montait une robuste odeur d'eau de Javel. Cette odeur aussi était rassurante.

Mme Pereira reconnut le monsieur de l'autre jour, l'ami de Charles Ballanche, qui grimpait les marches à la hâte. Il n'avait pas bonne mine, il ne s'était pas rasé de deux ou trois jours. Maintenant les hommes ne se rasaient plus. C'était la mode, paraît-il. Comment faisaient-ils pour avoir chaque jour des barbes de deux à trois jours se demandait Mme Pereira. Ce monsieur, lui, n'avait pas l'air du tout rasé, il ne faisait pas semblant, et allez savoir pourquoi puisque cela revenait au même !

Que faisait-il là, par ailleurs, à grimper dans les étages, puisque M. Ballanche habitait au premier ? Elle le lui aurait peut-être demandé s'il n'avait pris les devants.

« Le petit appartement sous les toits de Charles Ballanche, c'est bien…

– La porte verte à gauche, tout en haut, oui.

– C'est ce que je pensais. »

Il avait regardé la gardienne de ses yeux fixes qui pouvaient faire peur. Son imperméable mastic était boutonné jusqu'au col. Elle l'aurait bien prévenu qu'il y avait quelqu'un, dans le logement, la jeune Anglaise qui entrait, sortait, ne rentrait pas, qui vivait à pas d'heure, la fiancée du neveu de M. Ballanche, enfin, il ne fallait pas insister – et le carreau de la porte vitrée qui n'était toujours pas réparé, M. Ballanche avait-il oublié ? Mais le monsieur à l'imperméable avait déjà filé. Que voulait-il à la jeune demoiselle ? Bah !

Elle remit en marche son aspirateur, qu'elle branchait sur une prise à chaque palier. Sa musique inonda de nouveau la cage d'escalier. Pour l'heure, il n'y avait plus place que pour cette seule musique dans l'immeuble.

*

Lefaur n'eut aucun mal à repérer la porte à la peinture laquée verte.

Pas de bouton de sonnette.

Il frappa.

Trois coups secs, enchaînés. Des coups habitués à se faire obéir. Des coups d'huissier de justice, mettons. Ou de policier. Des coups qui n'avaient pas de temps à perdre.

Dorothy, elle, avait du temps à perdre, pour autant que le sommeil soit vraiment du temps perdu – ce qui serait matière à longues discussions. La musique de l'aspirateur l'avait réveillée vers les neuf heures, neuf heures trente. Et la musique qui s'éloignait, qui redescendait, l'avait comme aspirée dans un nouveau sommeil. La grasse matinée ! Si le sommeil était du temps perdu, dirait-on la *grasse* matinée ? On parlerait au contraire d'une maigre, d'une pauvre matinée, efflanquée, réduite, misérable, accordée aux seuls nécessiteux ou aux dormeurs impénitents. Mais non, la matinée était grasse, prospère, enrichie d'un sommeil prolongé. Qui osera prétendre que ce qui est gras, prospère et qui vous enrichit relève d'un sentiment de perte ou de misère ?

Bref, Dorothy n'entendit pas les premiers coups frappés à sa porte.

Lefaur renouvela sa série de coups. Puis trois coups encore.

Dorothy s'agita, grogna.

Son sommeil s'amincit, devint poreux. Les coups filtrèrent, affaiblis, jusqu'à sa conscience.

D'autres coups plus brutaux.

Dorothy se frotta les yeux. Elle fermait toujours sa porte à clef, bien sûr. La porte vibrait. Le bouton tournait. En vain.

« *What* ? » grommela-t-elle comme pour elle-même.

Et encore des coups. Et la porte qui s'ébranlait sur ses gonds.

Qui était le fou qui… Ce ne pouvait être Marc tout de même ! Il n'était pas une brute. Pas à ce point-là…

Enfin une voix, une voix d'homme, une voix qui n'était pas la voix de Marc :

« Ouvrez ! »

Une voix qu'elle ne connaissait pas. Une voix comme dans les séries policières.

Elle resta assise un moment au bord de son lit.

Elle portait un pyjama-survêtement rose en pilou. Elle tira sur la tunique. Se passa la main dans les cheveux.

Et se leva enfin.

L'homme qui frappait dut l'entendre. Le raclement de ses mules, sur le parquet.

Il frappa encore, à démolir la porte.

« Mais ça va, merde ! » hurla-t-elle.

Il y eut un moment de répit.

Elle s'approcha de la porte.

« Qui est-ce ? » demanda-t-elle en retrouvant sa voix normale.

L'homme hésita à répondre.

« Qui est-ce ? répéta-t-elle avec plus d'agressivité.

– Lefaur.

– Pardon ?

– Lefaur. »

Dorothy ne comprit pas de quoi ou de qui il s'agissait. Lefaur ? Elle comprit « le fort ». Ou peut-être qu'il s'agissait d'un mot qu'elle ne connaissait pas, « le fort » comme on dit « le serrurier » ou « le facteur ».

« Pardon ? » dit-elle avec un peu moins d'assurance ou d'impatience dans la voix.

Elle se réveillait peu à peu.

Les diodes vertes de son réveil affichaient 10 : 15.

Et la voix, sur le palier, à peu près normale elle aussi :

« Lefaur, de la part de Charles Ballanche.

– Un instant. »

Dorothy s'éloigna de la porte pour enfiler une robe de chambre et se donner un coup de peigne.

Elle était affreuse, encore bouffie de sommeil, mais qu'est-ce qu'elle en avait à faire, pour cette brute qui venait de la part de Charles ?

Puis elle revint vers la porte, posa la main sur la clef.

Elle hésita à ouvrir.

Elle crut entendre la respiration de l'homme sur le palier.

S'il avait repris la parole et avait de nouveau manifesté une forme de violence ou, plus simplement, d'impatience, sans doute aurait-elle pris peur ou mieux mesuré la situation. Elle aurait téléphoné à Charles pour s'assurer que cet homme venait bien de sa part et qu'elle pouvait par conséquent lui ouvrir. Derrière la porte, l'homme eut l'intelligence de rester silencieux, et elle, que les engourdissements du sommeil n'avaient pas encore tout à fait désertée commit l'erreur de tourner la clef sans penser une seconde que jamais Charles ne se serait permis de lui envoyer quelqu'un, le matin, sans lui en avoir parlé auparavant.

Elle tira la porte à elle.

L'inconnu qui lui apparut sur le palier la dévisagea de ses yeux gris, de ses yeux fixes.

Il avait quelques centimètres de moins qu'elle, le teint pâle que brouillait une barbe de plusieurs jours. Ses cheveux étaient gris, coupés court, sa peau parcheminée de minuscules rides, ses lèvres fines, sa bouche comme fendue au rasoir, ses traits fins sans doute, mais si fins qu'on ne les discernait plus, qu'ils disparaissaient, que le visage, l'homme entier disparaissait. Seul son regard ne disparaissait pas, il restait braqué sur elle comme une arme, à bout portant – la froideur d'une arme, la violence d'une arme.

Ses yeux ne clignaient toujours pas.

Dorothy ne s'en rendit pas compte. Elle percevait seulement l'étrangeté du regard qui la fixait.

« Qu'est-ce que vous voulez ? » lui demanda-t-elle.

Il ne répondit pas.

Il continuait de la contempler, immobile, sans une seule expression sur son visage – et pourtant elle était désarmante, Dorothy, avec ses yeux écarquillés et un peu divergents, ses cheveux courts en bataille malgré le coup de peigne, cette grande perche de fille à peine échappée de l'adolescence comme de son sommeil, emmitouflée dans sa robe de chambre de velours parme, mais lui, il ne songeait nullement à rendre les armes, il restait là, blême, immobile.

« Et vous, qu'est-ce que vous faites là ? lui demanda-t-il enfin, comme si c'était lui qui occupait la chambre et elle qui venait le déranger et violer son intimité.

– Mais non, c'est vous qui…

– Je vous ai posé une question », insista-t-il.

Sans doute ne prit-elle pas tout de suite conscience du danger. Plus exactement, elle était à un âge où on ne le mesure pas. Où l'impatience tient lieu d'intrépidité, la colère de bravoure.

« Vous ne manquez pas de culot, vous ! Ce que je fais ne vous regarde pas ! »

Elle voulut refermer la porte.

Il fit un pas dans la chambre et, du bras droit, maintint le battant ouvert.

Dorothy renonça à l'épreuve de force.

« Ce qui me regarde, lui dit-il de sa voix toujours égale, blanche comme son regard, c'est que vous occupez cette chambre. Ce qui me regarde, c'est que mon ami Charles Ballanche m'avait dit il y a quelques semaines qu'elle serait libérée au début du mois et que je m'y installerais.

– Il vous a dit ça ? Charles Ballanche vous a raconté ça ? Vous mentez ! Vous vous fichez du monde !

– Non, mademoiselle.

– Sortez tout de suite, allez ! »

La main sur son épaule, elle tenta de faire pression sur lui, de le repousser.

Il ne bougea pas.

« Charles Ballanche est en dette avec moi. En dette depuis longtemps, très longtemps même. Je m'installe ici. Une façon pour lui de payer sa dette. C'est pourquoi...

– Quoi ?

– Vous devez partir.

– Moi, partir ?

– Vous, oui. Je ne vois personne d'autre dans cette chambre. »

Il ne cherchait pas à faire de l'esprit. Il gardait l'air sérieux, obstiné.

« Et vous croyez que je vais partir parce que vous me le demandez ? Comme ça, tout de suite ? Dites-moi que vous plaisantez !

– J'air l'air de plaisanter ? Vous croyez que je suis en mesure de plaisanter ? La plaisanterie est un luxe, mademoiselle. Vous croyez que je suis un homme de luxe ?

– Je… je m'en fous. »

Elle le considéra avec plus d'attention. Elle essaya d'accrocher les traits de son visage, de retenir quelque chose de son visage, mais de Jean Lefaur on ne retenait rien, tout fuyait en lui, sur lui, tout glissait. Seuls ses yeux restaient fixes, mais à la façon de miroirs qui réverbèrent la perplexité ou la peur de ceux qui lui font face, ses yeux qui ne révélaient rien d'eux-mêmes.

« Et vous pensez raisonnablement, ajouta-t-elle, que je suis en mesure, moi, de faire mes bagages, là, tout de suite, et de vous laisser la place ?

– Oui.

– Et vous ne plaisantez pas, dites-vous ?

– Non.

– Alors c'est que vous êtes fou. »

Lefaur perdit un instant de sa superbe. Il hésita, devint plus pâle encore sous l'affront.

Il tenta de faire un pas de plus dans la pièce.

Elle le repoussa du plat de la main et il n'insista pas.

« Attention, mademoiselle, se contenta-t-il de murmurer, soyez raisonnable ! »

Et ce murmure, ce mot « raisonnable », dans sa bouche à lui, firent naître en elle, pour la première fois, enfin, un sentiment de peur – cette peur qui ne s'accompagne pas du tout d'un état de fébrilité ou de panique, mais qui vous glace peu à peu, vous rend du même coup méthodique et calculateur.

« Nous allons téléphoner à Charles Ballanche, si vous le voulez bien. »

Elle s'empara de son iPhone resté sur la commode, à sa gauche.

« Je ne crois pas que ce soit nécessaire, pas du tout.

– Moi, si ! Je veux clarifier cette histoire que vous me racontez. Vous permettez ? »

Elle fit jouer ses doigts sur l'écran tactile, à la recherche du numéro de Charles.

« Non, je ne permets pas ! »

Il fit un geste pour s'emparer de l'appareil. Elle le repoussa cette fois avec brusquerie. Il manqua de glisser, se rattrapa à la poignée de porte.

« Attention, mademoiselle, vous ne savez pas…

– Je ne sais pas quoi ? »

Elle reprit en main son iPhone, mais l'homme fit de nouveau un pas vers elle et elle comprit qu'il ne la laisserait pas composer le numéro.

Elle jeta alors l'appareil sur le lit.

« Toma, hurla-t-elle ! Toma ! »

Lefaur attendit un instant, dressa l'oreille pour voir si le Toma en question allait réagir à ce cri, mais rien ne bougea à l'étage, ni plus bas dans l'immeuble. Ne montait jusqu'à eux que le ronflement lointain de l'aspirateur.

« Toma ! »

Puis elle se tut.

Elle avait cru un instant qu'on était dimanche. Mais non, on était samedi et Toma travaillait au garage, cet imbécile de Toma qui n'était pas là quand elle avait besoin de lui !

Elle fit face à l'inconnu, comme un chat fait face à un molosse, ramassé sur lui-même, toutes griffes dehors, les yeux brillants.

« Vous allez sortir immédiatement, reprit-elle enfin, ou…

– Ou quoi, mademoiselle ? Je suis ici chez moi. Tout de suite, ce soir ou demain, je m'installerai et vous ne serez plus là. Vous l'avez compris ? Vous ne serez plus là ! »

Il s'approcha d'elle – un pas de plus.

Elle respira, se força à respirer.

Personne ne viendrait à son secours ?

Eh bien, elle trouverait seule les moyens de se défendre.

Lefaur devina-t-il la nouvelle détermination qui animait la jeune fille ?

Il hésita un instant, décontenancé par le regard de Dorothy qui le fixait et s'échappait en même temps, comme si elle apercevait quelqu'un derrière lui, sur le palier. Il plongea la main dans sa poche pour sortir une arme.

L'idée du moins traversa l'esprit de Dorothy qui fit un pas à sa rencontre au moment précis où il tournait la tête et lui asséna un coup de genou dans le bas ventre, le plus vite, le plus fort qu'elle put.

Il se plia en deux avec un gémissement de douleur.

Elle le poussa, le repoussa dehors, à deux mains, avec une force et une détermination à la mesure de sa peur.

Il recula, ses talons heurtèrent le paillasson, il bascula en arrière et sa tête heurta les barreaux de la rampe d'escalier…

Dorothy entendit le choc de sa tête contre le bas de la rampe, un choc sourd qui fit vibrer celle-ci.

Elle eut le temps de refermer sa porte, de tourner la clef avant de se laisser tomber sur son lit. Elle reprit son iPhone. Elle repéra le numéro de Charles. Elle l'effleura du doigt comme on tend la main dans un appel au secours.

« Charles ! », dit-elle.

Et elle se mit à pleurer, à sangloter comme une petite fille au sortir d'un cauchemar.

*

Elle sanglotait encore dans les bras de Charles, dix minutes plus tard. Elle sanglotait de lui avoir tout raconté de la scène et donc de l'avoir revécue.

Elle sanglotait de toutes les larmes qui tentaient de laver sa peur ou de la rendre plus brillante, comme un tableau que l'on revernit, que l'on tient à distance, à bout de bras, à bout de discours, pour le détacher de soi.

Bien entendu, à peine Charles avait-il compris ou deviné ce qu'elle lui avait dit au téléphone qu'il avait bondi au quatrième.

Il n'y avait plus personne sur le palier.

Lefaur avait disparu.

Charles avait repéré quelques gouttes de sang sur le parquet, contre les barreaux métalliques de la rampe.

« C'est moi, Dorothy, je suis seul, ouvre, lui avait-il dit.

– Et l'autre, le… le fou ?

– Il n'est plus là, il s'est enfui. Laisse-moi entrer, Dorothy, tout va bien. »

Elle lui avait ouvert, elle ne lui avait même pas laissé le temps de faire un pas chez elle, elle était sortie, elle s'était accrochée à sa taille jusqu'à chez lui, jusqu'au premier, comme elle aurait regagné l'abri protecteur d'un foyer.

« Je… je pensais que Toma était là, j'ai crié, et personne n'a entendu, ni lui ni personne.

– Il y avait l'aspirateur dans l'escalier.

– Ce foutu aspirateur de merde ! »

Elle insultait l'aspirateur comme s'il s'était agi d'une personne, et elle tremblait encore, tout en souriant. Ce foutu aspirateur…

Charles prit conscience à ce moment-là que le bruit de l'aspirateur avait cessé. Qu'est-ce que cela voulait dire ? Lefaur avait-il attaqué la gardienne en voulant s'enfuir ?

« Je m'assure que cet homme a quitté l'immeuble. Ne bouge pas Dorothy, je reviens ! N'ouvre à personne ! Je prends mes clefs. »

Elle ne lui répondit même pas.

Il dévala les marches jusqu'au rez-de-chaussée.

Mme Pereira était occupée à remiser son aspirateur dans le cagibi de la cour.

« Tout va bien, madame Pereira ? »

Elle le dévisagea avec surprise.

« Tout va bien. Pourquoi voulez-vous que…

– Vous avez vu passer quelqu'un tout à l'heure ?

– Oui, votre ami qui était monté au quatrième, de votre part.

– Et il est reparti ? Vous l'avez vu repartir ?

– Vous n'êtes pas au courant ?

– Peu importe, madame Pereira. Vous l'avez vu, vraiment vu repartir, quitter l'immeuble ?

– Oui, je l'ai vu, pour sûr que je l'ai vu, et il n'avait pas l'air en forme.

– Il ne vous a rien dit ?

– Qu'est-ce que vous voulez qu'il me dise ?

– Je ne sais pas.

– Il se tenait la tête, le pauvre.

– Bien sûr.

– Vous allez m'expliquer ce qui se passe ?

– Il ne se passe rien, madame Pereira, rien.

– Et pourtant… »

Il laissa la gardienne et remonta quatre à quatre vers Dorothy.

Elle frissonnait au fond du divan, les deux mains sur le revers de sa robe de chambre parme qu'elle croisait sur sa poitrine, comme pour se protéger.

Il lui versa un verre de vodka. Et un verre pour lui aussi, pendant qu'il y était.

C'était peut-être idiot, la vodka à cette heure de la matinée, comme cela, à jeun. Un réflexe. Un verre d'alcool pour se ressaisir. Comme dans les romans, les films. Un pour la route ! Un pour recouvrer ses esprits ! Un pour chasser ses angoisses ! On agit souvent ainsi de manière conditionnée. Toujours la même histoire ! On copie la fiction.

Elle avala son verre de vodka presque d'un trait et elle toussa à en pleurer. Ou à en rire, allez savoir ! Elle aussi se comportait comme une héroïne de fiction. Une jeune fille éplorée. *A damsel in distress*. Charles se souvint d'une comédie musicale des années trente avec Fred Astaire qui portait ce titre. Mais qui était la demoiselle en détresse ? Pas Ginger Rogers, non, il en était presque sûr.

Souvent il était assailli comme ça, Charles, de pensées vagabondes. Les références cinématographiques ne cessaient de s'imposer à lui, cinéphile de toujours avec ses piles de DVD dans son appartement, et cela jusque dans les moments les plus urgents, les plus dramatiques. Une référence à un film. Qu'est-ce que Ginger Rogers (ou pas Ginger Rogers) avait à voir avec Dorothy, avec la vraie demoiselle en détresse de ce samedi matin ? Rien, et pourtant… Dorothy avait eu peur, elle tremblait encore et sans doute que dans le même temps elle tenait un rôle, elle jouait aussi de sa peur ou elle commençait à en jouer. *A damsel in distress.*

Elle s'arrêta de tousser.

« Merci, Charlie. »

Elle lui sourit.

Elle mit tout l'éclat de sa détresse de demoiselle dans ce sourire. Elle se pelotonna sur le canapé.

« À… à un moment, il a mis la main dans sa poche, j'ai été persuadée qu'il voulait en sortir une arme, un pistolet, un couteau, je ne sais pas et je l'ai, je… je lui ai donné un coup de genou entre les jambes, il s'est plié en deux… »

Cette vision amusa Dorothy. Il y a toujours quelque chose de ridicule et par conséquent de comique dans le spectacle d'un homme qui se tord de douleur après avoir reçu un coup dans le bas-ventre. L'orgueil masculin pris en défaut, sans doute, si vulnérable. Lefaur tordu de douleur, ce n'était plus un homme, un fou, un tueur, qui sait ? Il devenait un pantin, un grotesque.

« Et il avait vraiment une arme ? Tu l'as vue ?

– Je ne sais pas, il n'a pas eu le temps de… je ne lui ai pas laissé le temps.

– Tu as bien fait.

– Mais qui est ce type, Charlie ? Un malade ?

– Peut-être. Une canaille, un escroc ou un malade, un grand malade. »

Il lui parla de ses mésaventures avec Lefaur depuis quelques semaines, et même de sa conversation avec un lieutenant de police du commissariat du boulevard Bourdon, la veille encore.

« Mais comment il savait, pour la chambre ?

– Je ne comprends pas.

– Tu ne lui en avais pas parlé ?

– Bien sûr que non. »

Il repensa soudain à son déjeuner à L'Escale, à sa conversation téléphonique avec Marc, à la façon dont Lefaur n'avait pas perdu une miette de ses propos, l'avait interrogé, même.

Dorothy n'insista pas. Pour elle, c'était un détail.

« Qu'est-ce qu'on va faire maintenant, Charlie ? »

Dorothy le regardait d'un air suppliant, comme si l'homme qui l'avait menacée dans la chambre avait en quelque sorte lié son sort au sien.

Charles ne répondit pas. Il composa le numéro du portable du lieutenant Albertini et put le joindre à son domicile. En quelques mots, il lui parla des événements de la matinée.

« Et la jeune fille a vraiment eu le sentiment qu'il allait sortir une arme de sa poche ? s'assura le policier.

– Un couteau ou quelque chose comme ça, oui. »

Au téléphone Albertini observa un silence.

« C'est ce que je craignais.

– Qu'est-ce que vous allez faire ?

– Joindre un collègue, un ami de la brigade criminelle. On ne sait jamais...

– On ne sait jamais quoi ?

– Je passerai vous voir dans l'après-midi.

– En attendant ?

– Rien.

– Mais...

– Je ne crois pas que votre Lefaur revienne tout de suite quai de Bourbon. Vous m'avez dit qu'il s'était blessé à la tête ?

– En tombant, il a heurté la rampe d'escalier. Il y a même du sang sur le parquet.

– Ne touchez à rien !

– Vous croyez que...

– À tout à l'heure, monsieur Ballanche. »

Dorothy interrogea Charles du regard quand celui-ci eut reposé son téléphone.

« La police va passer dans l'après-midi », lui dit-il.

Elle afficha une moue de dédain. À quoi la police servirait-elle maintenant ?

Elle se déplia, se leva, se dirigea du pas traînant de ses mules vers la chambre de Charles.

« J'ai sommeil, lui dit-elle.

– Tu déjeunes avec moi ?

– Dehors ? Non, merci, Charlie.

– Ici ?

– Pourquoi pas ? »

Elle bâilla, étira ses longs bras vers le plafond puis se retourna sur le seuil de la chambre pour le regarder avec insistance.

Il hésita.

Un instant seulement mais il hésita.

Lui aussi aurait eu bien envie de se recoucher, de se blottir contre Dorothy. Il n'y a pas d'âge pour être consolé.

Il se ressaisit.

« Je vais faire quelques courses, dans ce cas.

– Si tu veux », lui répondit-elle avec indifférence.

Elle referma sur elle la porte de la chambre de Charles.

*

En fin de matinée, le lieutenant Gérard Hoffmann, de la brigade criminelle, se présenta au Garage Sully. Toma le reconnut. Hoffmann lui tendit une photo de Jean Lefaur datant de près de vingt ans, quand la presse s'était fait l'écho de ses escroqueries éditoriales.

Toma prit le document qui avait dû être déniché sur un site Internet. Il l'examina avec attention.

Le policier devant lui ne disait rien, attendait.

« Vous croyez que…, lui dit Toma.

– Je ne crois rien. C'est vous qui devez me dire…

– Si cet homme ressemble à… ?

– Précisément. »

Sur l'image, l'homme en question était plus jeune, il avait les cheveux plus longs, mais avec ses yeux si clairs, rapprochés du nez, ses traits fins, ses lèvres, ce visage si… si quelconque, si exceptionnellement quelconque, oui, ce pourrait bien être lui.

Toma rendit le document au policier ou plutôt s'en débarrassa comme si la photo elle-même était source de danger.

« Il lui ressemble, dit-il enfin. On n'est jamais tout à fait certain, bien sûr, c'est une vieille photo, mais… Si je le revoyais… Enfin, je n'ai pas envie de le voir, mais… Oui, je ne serais pas étonné si… »

Le policier reprit le document qu'il glissa dans sa poche.

« Vous… vous avez arrêté cet homme ? lui demanda encore Toma.

– Pas encore.

– Mais alors…

– Un instant ! »

Sur son portable, le policier appela un correspondant.

« Le témoin n'est pas sûr – comment le pourrait-il, avec ce document qui date d'un autre siècle ? – mais… Il y a des chances, oui… »

Il remit son portable dans sa poche.

« On reprendra contact avec vous, monsieur Gachawski. Merci pour votre aide. »

*

Quand Charles rentra de ses courses – il les avait faites pour une fois rue Saint-Antoine, il avait voulu quitter l'île, chercher refuge hors de l'île, un comble ! – il appela Dorothy à voix haute, depuis l'entrée, il ne voulait pas la surprendre, il espérait qu'elle s'était rhabillée, qu'elle avait quitté sa chambre ou la salle de bains.

Personne ne lui répondit.

Il poussa la porte de sa chambre.

Elle n'y dormait plus. Elle avait même eu la bonté de refaire le lit, du moins de tirer le couvre-lit jusqu'en haut.

Un mot griffonné sur son propre papier à en-tête (elle l'avait trouvé sur son bureau) l'attendait au pied du lit :

Ne m'en veux pas Charlie, pouvais pas fermer l'œil, suis partie retrouver une amie.

À ce soir

Bye

Dthy

Elle avait dessiné une marguerite dont la tige se dressait depuis son prénom pour remonter jusqu'en haut de la page.

Charles en fut déçu. Il en fut rassuré aussi. Il redoutait ce tête-à-tête avec la jeune fille. Il se sentait si faible. Il la sentait si forte, si péremptoire dans ses désirs, ses caprices ou ses peurs. Lui n'était pas de cette trempe-là.

Il avait acheté un poulet fermier déjà rôti à la boucherie Becquerel, près du métro Saint-Paul, et une grosse tarte aux myrtilles, au moins pour huit personnes, à la pâtisserie Paul, un peu plus loin rue Saint-Antoine. Qu'est-ce qu'il lui avait pris ? Une tarte énorme pour se consoler énormément, à deux ? Seul, il n'avait même plus envie de l'entamer. Le poulet non plus. Peut-être les consommerait-il ce soir à dîner avec Dorothy, si elle le rejoignait, si elle n'avait rien trouvé de mieux à faire.

Son téléphone sonna une heure plus tard.

« Albertini. Est-ce que je peux monter vous voir tout de suite ?

– Oui, bien sûr.

– Je suis avec un collègue de la brigade criminelle.

– Mais…

– Je vous expliquerai.

– Très bien.

– Votre code ?

– B 1937.

– Nous arrivons. »

Samedi 23 octobre 2010

Ils arrivèrent.

Charles pria les deux hommes de s'asseoir au salon.

Albertini lui fit part de ses inquiétudes concernant la personnalité psychotique de Lefaur, le danger qu'il pouvait représenter, le lien possible avec les agressions inexpliquées commises dans le quartier, qui n'étaient pas crapuleuses, qui échappaient à toute logique criminelle, si l'on pouvait s'exprimer ainsi. C'est pourquoi il avait téléphoné à son ami le lieutenant Hoffmann, de la criminelle.

Celui-ci prit la parole. L'informa que le témoin de l'agression du boulevard Henri-IV avait cru reconnaître Jean Lefaur…

Charles sursauta.

« Vous voulez dire que Toma, du garage Sully, a reconnu Lefaur comme l'homme qui…

– Toma ? Vous connaissez personnellement M. Gachawski ? s'étonna Hoffmann

– Il habite au quatrième, à côté de la fiancée de mon neveu. Tout le monde connaît Toma, dans l'immeuble ! Elle l'a même appelé au secours. Elle a cru un instant qu'on était dimanche, qu'il était encore dans son studio, à côté.

– Il se serait retrouvé face à face avec Lefaur, observa Albertini. Et alors… Cela vaut peut-être mieux pour lui qu'il n'ait pas été là.

– Si toutefois Lefaur est bien notre homme, l'interrompit Hoffmann. Nous n'en sommes pas encore sûrs car M. Gachawski, au vu de la photo qu'on lui a montrée, n'a pas été catégorique.

– Lefaur, l'homme qui..., reprit Charles pour qui tout cela ne faisait plus de doute.

– Vous avez dit à mon collègue, au téléphone, reprit Hoffmann, qu'il restait des traces de sang sur le sol au quatrième ?

– Vous voulez voir ?

– Un agent de la police scientifique devrait être là dans quelques minutes, nous l'attendrons.

– Très bien.

– Mais nous aimerions interroger la jeune fille.

– Elle n'est pas là.

– Vous avez son numéro de portable ? »

Charles se rendit compte qu'il ne connaissait pas son numéro, qu'il ne le lui avait jamais demandé.

« Non, mais elle rentrera ce soir.

– Rien ne presse, pour elle. »

Le policier de la Criminelle tendit sa carte à Charles et il nota de son côté le nom complet de Dorothy, l'adresse et le téléphone de l'éditeur qui l'employait, Plon, rue Bonaparte.

Charles reprit la parole, bouleversé par cette révélation sur Lefaur.

« Il ne m'a jamais attaqué, il n'a jamais fait preuve de violence à mon endroit. De violence physique en tout cas...

– Ce matin, il aurait pu être dangereux, très dangereux même si j'ai bien retenu votre témoignage ou les propos de la jeune femme que vous m'avez rapportés.

– Il lui a dit avant de s'enfuir qu'il reviendrait s'installer là, dans sa chambre-studio, ce soir ou demain. Vous croyez qu'il reviendra ?

– Je ne sais pas, répondit Albertini.

– Nous l'espérons, précisa son collègue.

– Mais alors…

– Plus vite nous retrouverons ce Jean Lefaur et plus vite… »

Le lieutenant Hoffmann jugea inutile de poursuivre.

« Vous allez protéger notre maison en permanence ?

– Vous n'avez rien à craindre, monsieur Ballanche.

– Et diffuser le signalement de Jean Lefaur dans les médias, à la télé, partout ?

– Chaque chose en son temps, monsieur Ballanche. Nous allons d'abord surveiller votre immeuble, en effet. »

Une demi-heure plus tard, un agent des services scientifiques de la police vint les rejoindre.

Charles les conduisit sur le palier du quatrième.

L'agent procéda à un prélèvement de la tache de sang qui ne ressemblait déjà plus à du sang, qui n'existait plus, toujours la même histoire, une formule chimique ou biologique, une carte d'identité ADN, une abstraction.

L'opération ne prit guère plus d'une minute.

« Jean Lefaur ne pénétrera plus dans cet immeuble, monsieur Ballanche, je vous en donne ma parole », lui dit encore le lieutenant Hoffmann avant de le quitter.

*

Dorothy retrouva Charles chez lui à dix-neuf heures. Elle tenait à deux mains, dans une grande boîte cartonnée, une tarte aux abricots pour sept ou huit personnes qu'elle venait d'acheter à la pâtisserie-boulangerie Paul de la rue Saint-Antoine.

« Pour me faire pardonner de t'avoir laissé tomber à déjeuner », lui dit-elle.

Il prit la tarte dans son emboîtage et la posa sur la table de la cuisine.

Dorothy découvrit l'autre tarte géante dans un emboîtage semblable, tout à côté.

« Tu vois, Charles, on est fait pour s'entendre, toi et moi. Nous partageons les mêmes idées.

– Les mêmes idées de dessert, tu veux dire.

– C'est un début.

– On va pouvoir inviter à peu près toute l'île Saint-Louis, non ?

– Non. Juste toi et moi, Charlie. Toi et moi, s'il te plaît. »

Il préféra ne pas répondre et commença à mettre le couvert pour eux deux sur la table de la cuisine. Elle l'aida. Elle savait où tout se rangeait.

Il mit à réchauffer le poulet au four.

« Comme accompagnement, tu préfères des spaghettis ou du riz ?

– Rien du tout, juste le poulet. Ça suffira comme ça, avec la tarte.

– Avec les deux tartes. »

Ils revinrent au salon.

« Qu'est-ce qu'elle t'a dit, la police ? », lui demanda-t-elle enfin.

Il avait déjà réfléchi à sa réponse. Il ne voulait pas lui parler tout de suite des soupçons qui pesaient sur Jean Lefaur que Toma croyait avoir reconnu. Il ne voulait pas l'effrayer et peut-être ne voulait-il pas d'abord continuer à s'effrayer lui-même.

« La police recherche cet homme, Jean Lefaur.

– Elle pense qu'il va revenir ici ?

– Des policiers vont surveiller l'immeuble, pour le cas où…

– Je n'ai vu personne en rentrant.

– Tu ne cherchais personne. Il doit s'agir d'une surveillance discrète pour ne pas affoler Lefaur, le faire fuir.

– Ou de pas de surveillance du tout. La police a d'autres choses à faire, tu ne crois pas ?

– Non, je ne crois pas, Dorothy. Si Lefaur se présentait à la porte de l'immeuble, il serait embarqué aussitôt. Tu n'as rien à craindre.

– On dit ça.

– La police aimerait beaucoup mettre la main sur lui et… et l'interroger.

– Il est si dangereux que ça ? »

Il ne trouva rien à répondre.

« C'est un *serial killer* ? insista-t-elle sans croire au sérieux de sa question.

– La police m'a dit ce matin qu'elle aimerait recueillir ton témoignage.

– Tu ne leur as pas tout dit ?

– Si, mais c'est toi le témoin.

– J'aurais même pu être la victime !

– Raison de plus pour déposer plainte.

– Tu n'as rien à m'offrir à boire, Charlie ?

– Ce que tu veux.

– Du champagne, tu as du champagne ?

– Oui, j'ai du champagne.

– Alors on va fêter ça.

– D'accord, mais on va fêter quoi ? »

Dorothy le regarda avec un drôle d'air, elle lui sourit avec un drôle de sourire, elle retira ses ballerines d'une drôle de pichenette du bout du pied sur le talon de l'autre pied avant de se recroqueviller sur le canapé dans la posture qu'elle affectionnait.

« Je ne sais pas, dit-elle enfin, mais on va le fêter si tu veux bien. »

Charles gardait au réfrigérateur une bouteille de Launois, un blanc de blanc qu'il faisait venir directement du propriétaire au Mesnil-sur-Oger. Il se leva et alla la chercher.

Ils trinquèrent et burent.

« Il est peut-être un peu trop glacé, dit Charles.

– Tu crois ?

– On boit toujours le champagne trop glacé. On a tort : huit degrés, c'est la température idéale, pas moins.

– Si tu le dis. »

Dorothy se fichait des conditions optimales de dégustation du champagne. À l'abri du canapé, sa flûte entre les mains, elle observait Charles qui allait et venait dans le salon. Elle se rendait bien compte qu'il était mal à l'aise, que sa présence à elle sur le canapé le troublait, elle ne voyait pas d'autre explication à son comportement, elle ne pensait plus à Lefaur, elle avait parlé de *serial killer* pour rire et elle ne voyait pas pourquoi Charles aurait été plus préoccupé qu'elle par cette histoire. Elle éprouva face à lui de l'attendrissement et une forme de supériorité.

« Viens t'asseoir près de moi, Charlie !

– Un instant. »

Il fila de nouveau à la cuisine et baissa le thermostat du four.

Quand il revint au salon, elle se contenta d'une tape de la paume de la main sur le canapé, à côté d'elle.

Il reprit sa flûte sur la table basse et la but, debout devant elle.

Dorothy continua de l'observer, de lui sourire avec tendresse, sans dire mot.

« Qu'est-ce que tu as fait aujourd'hui ? lui demanda-t-il.

– Tu ne me ressers pas ?

– Si, bien sûr. »

Il remplit à nouveau les deux flûtes.

« La température devrait être maintenant parfaite, selon toi.

– En principe, oui. »

Elle vida sa flûte presque sans respirer.

Il se contenta d'une gorgée.

Elle lui tendit à nouveau son verre vide.

Il hésita à la servir une troisième fois.

« Je suis une grande fille, tu sais ?

– Si tu le dis », ronchonna-t-il.

Il remplit son verre.

« Tu ne m'as pas répondu, lui dit-il enfin.

– À quoi ?

– Ce que tu as fait aujour…

– Ah oui ! »

Elle hésita un instant sur ce qu'elle allait répondre.

« Viens d'abord t'asseoir près de moi. »

Il croisa son regard, il y lut cette indulgence mêlée de supériorité qui n'était plus du tout celle d'une petite fille effrayée par le grand méchant loup ou par Jean Lefaur, mais celle d'une femme auprès de laquelle tous les hommes sont des petits garçons.

« Tu as peur de quoi ? insista-t-elle.

– Je te l'ai déjà dit hier : des corbeaux.

– Il n'y a plus de corbeaux. Ils se sont envolés.

– Tant mieux !

– Tu crois vraiment que je suis un corbeau ?

– Sois sérieuse, Dorothy !

– Je suis sérieuse, je n'ai jamais été aussi sérieuse. Tu as peur ? Tant mieux. Moi aussi, j'ai peur, j'ai eu peur ce matin. Bienvenue au club ! Nous avons besoin d'être rassurés, toi et moi. Viens t'asseoir et je répondrai à ta question.

– C'est du chantage !

– Exact. »

Il but encore une gorgée de son Launois, reposa son verre sur la table basse et se laissa tomber sur le canapé à ses côtés.

« Je t'écoute, lui dit-il en jouant de sa docilité.

– Rien.

– Pardon ?

– Rien, je n'ai rien fait.

– Ton amie…

– Je n'ai pas vu mon amie, il n'y avait pas d'amie, je n'ai vu personne, j'avais besoin de… je ne sais pas… de partir, de quitter le quartier, de marcher, de disparaître, de me cacher, là où il n'y a personne, je veux dire : où personne ne me connaît. C'est tout.

– C'est tout ?

– Non, j'oublie l'essentiel. J'ai été au cinéma dans l'après-midi, au Danton. Tu connais le Danton ?

– Oui.

– Il y avait un film. J'en avais entendu parler. Tout le monde en parle, d'ailleurs. *Des dieux et des hommes* ou *Des hommes et des dieux*, je ne sais plus. Tu l'as vu ?

– Pas encore.

– C'est génial, tu devrais... Cela dit... »

Elle sourit, haussa les épaules, se resservit, but une gorgée et reposa sa flûte à côté de celle de Charles.

« Cela dit, reprit-elle, quand on a eu peur, il y a mieux... Ces hommes, dans leur monastère, qui prient, qui aident les paysans algériens du coin, qui se savent menacés, qui refusent de s'enfuir, de... de trahir, et qui sont enlevés, qui disparaissent dans la brume, la neige, qui meurent... Remarque, on ne les voit pas mourir, mais c'est encore pire. On... on imagine. »

Charles ne lui répondit pas. Il posa la main sur l'épaule de Dorothy.

« Et, en fait, ajouta-t-elle, on ne peut même pas imaginer, c'est terrible, on ne sait même pas comment ils sont morts, si c'est les islamistes ou l'armée algérienne, une bavure... c'est comme ça qu'on dit, une bavure ?

– Oui.

– Alors tu comprends, moi, c'est ridicule, je sais, je ne me compare pas à eux, aux moines : ils croient en Dieu, ils ont des doutes peut-être mais ils croient, ils ont ce point fixe, tu comprends ?

– Très bien.

– Ils sont admirables. Ils ont peur et ils sont admirables.

– C'est précisément pour cela qu'ils sont admirables. »

Dorothy hésita. Avait-elle bien compris ce que Charles voulait dire ?

« Mais pourquoi la police recherche tant le fou furieux de ce matin, ton ami ou ton ancien ami ? Ce n'est pas un islamiste, non ? Il n'avait pas une tête d'islamiste, il n'était pas barbu. »

Elle se força à rire.

« Tu viens de le dire, Dorothy : c'est un fou, un malade mental. La police le recherche depuis longtemps. Il devrait retourner à l'hôpital.

– Tu veux dire : un vrai fou vraiment dangereux ?

– Je ne sais pas ce que c'est qu'un vrai fou, mais un malade, oui.

– Il… il a déjà tué des gens ? Dis-le-moi !

– Je ne sais pas, Dorothy, franchement. La police le soupçonne de… mais bon, elle surveille la maison.

– L'armée algérienne veillait, elle aussi, elle patrouillait près du monastère… »

Charles resta silencieux.

« D'accord, c'est indécent de comparer, mais… mais j'ai peur, j'ai toujours peur, Charlie. »

Il resserra sa prise sur l'épaule de Dorothy.

« Mais moi, poursuivit-elle d'une voix plus menue, plus décidée, je te préviens, je ne ferai pas comme les moines, je ne m'accrocherai pas, je ne retournerai pas là-haut.

– Tu veux dire : dans ton monastère du quatrième ?

– Ne te moque pas ! J'ai peur et… et je ne sais pas si je crois en Dieu… et Dieu, de toute façon, n'a rien à faire là-dedans.

– Surtout s'il n'existe pas. »

Dorothy se pencha en avant, se resservit à boire, remplit aussi le verre de Charles.

Il la laissa faire.

La bouteille était maintenant presque vide.

Dorothy ne but pas mais contempla sa flûte avec attention : les bulles qui remontaient à la surface, surtout au milieu, comme par une cheminée, la couleur paille du vin ; puis elle la reposa, se rejeta en arrière sur le canapé et se laissa glisser de côté, posa sa tête sur les genoux de Charles, son regard levé vers lui.

« Qu'est-ce qu'on va devenir, Charlie ? »

Il n'osa pas bouger, se pencher vers elle, l'embrasser. C'est ce qu'elle attendait pourtant, ce qu'elle espérait, par besoin de tendresse et de réconfort. Sans doute en avaient-ils autant besoin l'un que l'autre.

« On va vieillir, lui répondit-il enfin.

– Plus tard, grogna-t-elle, plus tard ! On a tout le temps.

– Toi, tu as le temps, Dorothy. Pas moi !

– Raison de plus ! »

Elle se redressa sur un coude, elle vint vers lui, c'est elle qui vint vers lui, qui s'accrocha à son cou, qui l'embrassa, un long baiser qu'il lui rendit, sans rien entreprendre d'autre, un long baiser de tendresse et qui consolait Charles de se sentir trop vieux et Dorothy trop vulnérable, Charles d'être trop seul et Dorothy trop privée de point fixe, comme elle disait.

Ils restèrent là à s'embrasser et à se mentir comme s'il existait des secondes jeunesses, comme si le père ou l'oncle pouvait durablement tenir lieu d'amant. À s'embrasser et à être heureux de ce bonheur qui bafoue la raison, nargue la vie qui passe et entraîne, refuse les pesanteurs qui oppressent et l'évidence granitique des censures, des obstacles ou, pis, des ridicules contre lesquels un couple comme le leur irait si vite se fracasser.

Puis il la repoussa avec douceur. Sans doute parce qu'il était plus vieux, qu'il avait plus d'imagination ou encore qu'il avait plus de mal à oublier durablement la raison, les pesanteurs ou les ridicules qui se dressaient entre eux.

« Qu'est-ce qu'il y a ? soupira-t-elle.

– Le dîner.

– Je me fiche du dîner. »

Il se leva.

Lui aussi se fichait du dîner. Il se fichait de tout en cet instant, sauf de Dorothy qu'il aurait voulu continuer d'embrasser, d'aimer. Et qu'est-ce qui lui avait pris de tout interrompre ? Parce qu'il était vieux ? Est-ce qu'on est vieux quand on a soixante-dix ans à peine ? Il était plus jeune que

Clint Eastwood après tout. Il est vrai qu'il ne ressemblait pas à Clint Eastwood. Il était surtout un vieil imbécile, pour s'être levé et avoir trop d'imagination, comme si jamais on demandait à un homme et une femme de tirer des plans sur la comète ou un plan de carrière, comme des bourgeois soucieux des revenus de leur assurance vie, quand il s'agit simplement de s'aimer, d'oublier les comètes et les assurances vie. Il était minable, apeuré, précautionneux. Qu'est-ce que Dorothy pouvait lui trouver ?

« Tout va brûler, lui dit-il sans aucune conviction.

– Et alors ? »

Il se dirigea vers la cuisine.

« Je te dis que je n'ai pas faim », l'entendit-il lui dire.

Il se retourna enfin.

« Les filles de ta génération n'ont jamais faim, je sais, c'est une habitude et ce n'est pas une raison. Dans la vie, on se force. »

Il ne croyait pas un mot de ce qu'il disait. Il disait n'importe quoi, comme les pères de famille disent parfois n'importe quoi à leurs enfants. Il disait n'importe quoi à Dorothy pour réaffirmer ses droits. Les droits de qui ? de l'aîné ? du père ou de l'oncle ? Plutôt pour jouer un rôle qui lui interdirait d'en jouer un autre, celui de l'amant ou du vieux protecteur ?

Cela, Dorothy ne pouvait l'accepter. Elle se leva d'un bond, le rejoignit, l'affronta sur le seuil de la cuisine. Son visage était écarlate, de cet incarnat des Anglaises au teint si pâle et que la plus petite émotion suffit déjà à rosir.

« Arrête, s'il te plaît, Charlie, de parler de moi comme d'une "fille de ma génération". C'est insupportable, c'est… c'est humiliant et c'est stupide ! Je ne suis pas une fille de ma génération, je suis moi. Je ne suis pas un… un modèle standard, le prototype d'une fille de ma génération comme il en existe des centaines, des milliers, des millions, toutes pareilles ! Je ne suis pas pareille, et pareille à quoi ? Je ne le sais pas, tu ne le sais pas. Ça n'existe pas, les filles de ma génération ! »

La colère de Dorothy le toucha au plus profond. Parce que c'était une colère souffrante et une colère justifiée qui lui inspirait des arguments imparables. Les arguments d'une femme mûre, réfléchie, responsable, unique, et qui, par là même, lui donnaient tort.

« C'est entendu, je retire ce que j'ai dit sur les filles de ta génération », admit-il.

Elle revint vers la table basse, reprit sa flûte de champagne et se tourna vers lui. Ses yeux brillaient. La colère et l'alcool les avaient rendus brillants. Dorothy aurait pu tenir, pensa Charles, le rôle d'un excellent avocat d'assises, un avocat à l'ancienne comme dans les films américains, qui séduit un jury, joue de sa colère, de ses indignations, de sa sincérité et de sa rouerie. L'image lui vint cette fois de Katherine Hepburn dans *Adam's Rib* de Cukor, qui, au tribunal, roule dans la farine le malheureux procureur qui est aussi, à la ville, son mari et qu'interprète Spencer Tracy, lequel paraît tellement plus vieux qu'elle, si conformiste, si réactionnaire et antiféministe.

Il ne put s'empêcher de sourire, et ce sourire que Dorothy crut à tort dirigé contre elle redoubla sa colère et par conséquent sa verve.

« Et toi, est-ce que je parle de toi, est-ce que je te considère comme un homme de ta génération, et d'abord de quelle génération ? Je n'en sais rien, je m'en fiche. Est-ce que je te considère comme un homme du passé, un frileux, un sauvage, un ermite, un vieux bonhomme qui a peur de vivre, protégé par ses DVD et ses foutus bouquins ?

– Tu pourrais, Dorothy. »

Elle se radoucit un peu, cessa de plaider et but une gorgée de champagne.

« Non, je n'irais pas jusque-là, admit-elle, et elle consentit enfin à sourire.

– Tu pourrais… Je… je veux bien être considéré comme un vieux bonhomme qui a peur ou qui a froid, entouré de ses livres et de ses DVD, comme un homme du passé ou un conservateur…, du moins sous certaines conditions.

– Il n'y a que ces conditions qui m'intéressent. Tu es unique, Charlie !

– Si tu le dis, merci.

– Et regarde-moi !

– Je ne fais que ça.

– Tu ne crois pas que je suis unique ? Et mes yeux, tu ne crois pas qu'ils sont uniques aussi, à toujours regarder de travers ? »

C'était la première fois qu'elle faisait allusion devant lui à ce défaut physique, sinon à cette infirmité, la première fois qu'elle baissait la garde, qu'elle cessait de crâner, et il en fut touché pour elle – cette blessure qu'elle gardait d'habitude secrète, comme si elle voulait la nier.

Surtout, Dorothy avait mis le doigt sur l'essentiel, sur la fichue manie qu'il avait de tout généraliser, classifier, ordonner, sur sa peur, en somme, d'affronter l'imprévisible de la vie et des êtres, ce qui ne répond à aucune attente ni à aucune loi. Son métier d'avocat l'avait-il donc à ce point contaminé pour croire que tout était justiciable de lois ? Ou bien était-il désormais si âgé, ou si inquiet d'un avenir qu'il savait désormais compté, que tout devait prendre place dans des cases répertoriées, comme autant de stations qui le conduisaient à la mort ?

Que savait-il de Dorothy, en vérité, depuis ces trois derniers mois où elle avait vécu dans son studio, sous les toits, à rôder autour de lui, à lui insuffler un peu de vitalité, de folie aussi ? Il avait voulu se rassurer, il avait voulu la cataloguer. C'est si commode, les filles de catalogue ! On les examine, on les feuillette, on les choisit, on les oublie, elles sont loin de vous, de l'autre côté de la vie, sur les pages des catalogues, précisément, ce sont des modèles, semblables les unes aux autres, comme leurs noms l'indiquent. Et voilà que Dorothy échappait enfin à ces pages-là, elle le lui disait, elle le lui criait, elle n'était pas le modèle d'autres Dorothy, elle n'était le modèle de personne.

« OK, tu es unique, Dorothy ! »

Il la regarda avec plus d'attention encore pour s'en convaincre.

Ce grain de beauté qu'elle avait près de la commissure des lèvres, à gauche, il n'appartenait qu'à elle. Les intuitions dont elle faisait preuve, sa volonté qui pouvait ressembler à des caprices, son ambition qui pouvait se briser en mille morceaux face à une contrariété qui la laissait désemparée, ces morceaux qu'elle rassemblait peu après pour reprendre l'initiative (à la façon de ces personnages des Cartoons qui passent sous des rouleaux compresseurs, sont concassés par des marteaux-pilons, chutent du haut des falaises les plus vertigineuses et reprennent forme après un moment de stupeur ou d'émiettement), cela aussi n'appartenait qu'à elle, tout comme son grand corps un peu gauche, souple et coincé à la fois, ses épaules carrées, l'accent anglais qui lui revenait à ses moments perdus.

« Tu es unique, lui répéta-t-il, je rends les armes. Et j'aime aussi beaucoup tes yeux, ton regard. Cela fait partie de… de ton charme.

– C’est une déclaration ?

– C’est une affirmation.

– Eh bien tu as tort.

– Pardon ?

– Tu as tort, je ne suis pas unique. Tu ne savais pas que j’avais une sœur jumelle ? Marc ne t’avait jamais dit que j’avais une sœur jumelle ? Quand il nous voit toutes les deux dans ma famille, l’une près de l’autre, il hésite avant de savoir à qui il a à faire. »

Il la regarda avec stupéfaction.

« Je… je ne savais pas, non. Tu… tu as vraiment… »

Elle éclata de rire.

« Mais non, Charlie, je plaisantais. Bien sûr que non, je n’ai pas de sœur jumelle.

– Dommage.

– Tu en voudrais deux comme moi ? Une ne te suffit pas ?

– Mais non, je… »

Il n’insista pas. C’est lui qui se mit à rougir. Elle semblait tenir pour acquis qu’il la voulait, qu’il l’avait. « Une ne te suffit pas ? » Mais il l’avait comment ? Il l’avait devant lui pour l’instant, et alors ? Il l’avait pour qu’il puisse coucher avec elle ? Une fois, deux fois ? Mais personne, voyons, n’avait Dorothy. Son neveu Marc pas plus que les autres. Il l’avait ce soir-là en face de lui pour ne pas trop vieillir ou pour oublier qu’il était vieux, beaucoup plus vieux qu’elle ? En vérité il n'oubliait rien. Il l'avait devant elle pour se sentir ridicule et obscène, voilà.

L'obscénité, du moins, n'était pas le propre de Dorothy. Elle ne cherchait pas les chemins de traverse, les transgressions, l'innommable. Elle semblait tout d'une pièce. Elle filait droit vers ses désirs ou ses tendresses. Elle avait l'ingénuité de nommer ce qui la consolait, ce qu'elle recherchait, et ce n'était pas des gros mots.

Le problème de Dorothy, songea Charles, c'est qu'elle ne pouvait pas encore nommer grand-chose, qu'elle avait un pauvre vocabulaire à sa disposition, qu'elle était jeune, pour autant qu'être jeune revient à se déplacer dans le monde avec une extrême vulnérabilité, car trop de mots inconnus, inimaginables, peuvent vous attaquer, que l'on ne saura pas reconnaître, dont on ne saura pas se défendre car on n'aura pas su les comprendre. La différence entre elle et lui, encore une fois, la différence d'âge entre Dorothy l'unique et lui, Charles, qui ne ressemblait à personne d'autre non plus, était là : il connaissait des mots qu'elle ne connaissait pas, il identifiait des dangers qu'elle ne soupçonnait pas, il voyait plus loin, il savait ce que voulaient dire lassitude, ennui, peur, affaiblissement, oubli, ingratitude, amnésie, fugacité, impudeur, solitude, veuvage, il savait orthographier le mot Alzheimer et le mot cacochyme, et il commençait à apprendre aussi tout doucement le sens du mot *mort* dont il s'approchait sans oser, comme personne, le regarder en face…

Chez Dorothy, le vocabulaire restait aussi sommaire que son innocence. Les hommes, ses partenaires, elle en avait besoin comme d'une eau de toilette qui exalte, tonifie, fait paraître plus belle mais ne tient pas à la peau. La passion, elle, est durable comme un parfum, une essence de parfum, elle vous marque, imprègne le corps et l'âme, vous identifie. Aucune essence ou rien d'essentiel n'avait marqué Dorothy, elle ne s'était pas transformée au contact des hommes à qui elle s'était donnée.

Elle s'était donnée ! Il s'arrêta un instant sur cette expression qui venait de lui passer par la tête, vieillie, moralisatrice, chère aux romans sentimentaux d'autrefois, et qui ne correspondait en rien à ce que Dorothy éprouvait. Se donner à un homme ! Grands dieux, qu'est-ce que cela signifiait ? Dorothy en aurait pouffé de rire. Se donner à quelqu'un ? Avec ce que cela comporte d'irrémédiable, d'abandon, de soumission, de sacrifice, peut-être ? Il était bien question de ça !

Qu'est-ce que l'amour représentait pour elle ? Un échange de bons procédés peut-être. De tendresse et de plaisirs. Le plaisir d'être à deux. De rester à deux. De prolonger le plaisir d'être à deux quand vient le matin et qu'il faut se lever. Mais pourquoi se poser trop de questions ? Il faut aussi un riche vocabulaire pour se poser des questions et quand on se pose des questions on n'avance pas. Trop de mots vous paralysent, vous ralentissent du moins. Rien ne ralentissait Dorothy. Les parfums capiteux s'accordent aux femmes fatales, alanguies, qui attendent, qui attirent et qui tuent. Dorothy n'était pas une femme fatale. Elle n'était pas immobile. Elle n'était pas plus paralysée qu'elle ne paralysait. Elle avançait, elle explorait, elle n'avait rien à faire du destin ou de la paralysie. Ces mots-là non plus ne figuraient pas dans son vocabulaire. L'amour, oui, était pour elle une eau de toilette dont on s'inonde avant de sortir pour courir en survêtement le long des trottoirs, elle s'en réconfortait, s'en frictionnait, et les frictions aussi faisaient partie du jeu, du plaisir et des peines.

« Tu es trop mignon, Charlie », lui dit-elle alors qu'elle le voyait hésiter devant elle, perdu dans ces labyrinthes de mots et de pensées confuses qui l'enserraient, à la façon dont des lianes bloquent la progression d'un explorateur dans une jungle.

Avec un coupe-coupe elle allait à sa rencontre, elle était son éclaircie, sa lumière.

« Et tu m'as donné faim, avec tout ça », ajouta-t-elle.

Et elle aurait été bien en peine, comme Charles, de définir ce « tout ça » qu'elle venait de proférer. Peut-être simplement sa colère un peu théâtrale surgie avec cette histoire de génération, de « fille de sa génération » qu'il lui avait lancée à la figure, mais bon, ce « tout ça » l'avait libérée, lui avait ouvert l'appétit. L'heure n'était plus ou pas encore aux tendresses comme aux eaux de toilette, aux jeux des épidermes ou à la fougue des explorateurs en pleine jungle.

Assis l'un en face de l'autre à la table de la cuisine, ils attaquèrent le poulet.

Charles ouvrit une bouteille de Villegeorge 2005, un haut-médoc que vinifiait avec talent, sur ses terres, l'une de ses amies, Marie-Laure Lurton, et qui valait bien des crus classés.

Dorothy le descendit comme une sauvageonne, verre après verre, sans prendre le temps de l'apprécier, car elle n'avait pas pour cela non plus les mots, la patience, la mémoire des goûts. Georges en fut attendri. Il jugea Dorothy plus touchante encore, parce qu'il pouvait la toucher, mais plus étrangère aussi, parce qu'elle demeurait hors d'atteinte.

« J'aurais dû mettre tout à l'heure ce vin en carafe, pour qu'il s'ouvre davantage, lui dit-il.

– Pourquoi ? Il est bon comme ça. »

Quand ils eurent fini le poulet, Charles disposa les deux tartes dans des plats de service.

« On commence par laquelle ? »

Elle le regarda avec indécision.

« Tu crois en Dieu, toi, Charlie ? »

Qu'est-ce que Dieu venait faire dans le choix entre la myrtille et l'abricot ?

« Je suis sérieuse, tu sais ! »

Il n'en doutait pas.

Pour elle et lui, il coupa d'abord une petite portion de chacune des tartes.

« Réponds-moi ! »

Que pouvait-il répondre ?

Qu'il croyait en Dieu, pour en finir avec cette question que la science n'aurait jamais vocation à élucider : pourquoi y a-t-il quelque chose plutôt que rien ? Il ne se voyait pas parler théologie ou métaphysique, d'abord parce qu'il n'avait aucune formation, aucune compétence de théologien ou de métaphysicien, mais surtout parce qu'il ne jugeait pas convenable de s'étendre sur ce que l'on ne connaît pas. Aurait-il dû avouer à Dorothy qu'il était catholique non seulement en raison de son éducation, de sa culture, de la fidélité à son enfance, mais aussi parce que cette religion lui semblait la plus généreuse, la plus subtile aussi pour ordonner la foi, parce que le mystère de l'incarnation lui semblait la meilleure réponse ou la meilleure médiation face à l'incompréhensibilité de Dieu ?

Il se contenta d'un mot :

« Oui.

– Tant mieux !

– Pourquoi, tant mieux ?

– Je ne sais pas. Ça me rassure. Tu me rassures.

– Et toi, Dorothy ?

– Moi, je ne sais pas, je te l'ai dit. J'aimerais. Bien sûr, j'ai été élevée dans la religion anglicane à cause de ma mère, mais, au fond, personne n'y croyait autour de moi, dans mon école, peut-être même pas le pasteur ! On faisait semblant. Tout le monde faisait semblant. C'était convenable. Je n'aime pas les gens qui font semblant et qui veulent être convenables, tu comprends ?

– Très bien.

– Mais d'un autre côté…

– Tu préfères quoi ?

– Ce n'est pas une question de préférence.

– La myrtille ou l'abricot ?

– Sois un peu sérieux, Charlie, s'il te plaît !

– Rien de plus sérieux que la myrtille et l'abricot.

– Charlie !

– Le reste, oh ! tu sais, le reste, ça relève du domaine de l'intime ou de l'essentiel. On hésite, on tâtonne. On est seul.

– On peut apprendre ?

– On peut commencer par lire. »

Les dents de Dorothy étaient noircies de jus de myrtille et elle s'était barbouillée le pourtour de la bouche comme une enfant.

« Lire quoi ? »

Il lui resservit une portion de tarte aux myrtilles. Il en reprit aussi pour lui-même.

« Ce que tu veux, Dorothy. Toute la littérature qui tourne autour du Mal, du crime et du châtiment, de la mort, de Dieu ou de l'absence de Dieu. Tu peux lire Dostoïevski, tu peux lire *Guerre et Paix* de Tolstoï, les *Pensées* de Pascal, tu peux lire

Bernanos, tu peux même lire Graham Greene qui est catholique et qui…

– J'ai lu Graham Greene à l'école, ça m'a rasé : ce vieux romancier démodé et poussiéreux.

– Tu as tort, mais bon… Tu peux lire un autre de tes compatriotes, qui a précédé Graham Greene, il s'appelle Chesterton, il est catholique lui aussi…

– Oh, tu sais, les catholiques !

– Il est drôle, inattendu, incroyablement intelligent et très acerbe.

– C'est quoi, acerbe ?

– Ironique, caustique, sans indulgence, sans trop d'illusions non plus.

– Chesterton, tu dis ?

– Quelque part, il fait remarquer que le problème des gens qui ne croient pas en Dieu n'est pas qu'ils croient en rien mais qu'ils sont disposés à croire en n'importe quoi. Je ne supporte pas les gens qui croient en n'importe quoi… Il a écrit aussi des histoires policières et…

– Attends ! Tu permets, Charlie ? »

Elle se pencha au-dessus de la table et, de sa serviette, essuya la bouche de Charles, barbouillée elle aussi de jus de myrtille.

Il la laissa faire.

« C'est mieux comme ça, dit-elle en reprenant sa place.

– Si tu te voyais ! »

Elle s'essuya la bouche.

« Je crois que je préfère l'abricot, dit-elle.

– Moi aussi. »

Il s'apprêta à lui couper une nouvelle part.

« Non, ça va comme ça, merci ! »

Dorothy se leva.

Il resta à sa place.

Elle contourna la table, posa la main sur l'épaule de Charlie, gagna la porte qui donnait sur l'entrée.

Il pivota vers elle, le regard interrogatif.

« Je vais chercher mes affaires pour la nuit.

– Mais…

– Je t'ai dit que je ne dormirais plus là-haut, plus toute seule, tant que cet homme, ce… ce malade ne sera pas arrêté.

– Voyons, Dorothy !

– Tu m'as bien dit qu'il était dangereux, que c'était un assassin ?

– On n'en est pas encore certain.

– Et tu voudrais que je risque ma vie parce tu n'es pas encore certain ou que la police n'est pas encore certaine ? Un simple coup d'épaule là-haut et la porte s'ouvre, tu le sais bien ! »

Dorothy avait peur et elle s'amusait. Elle cherchait à s'amuser de sa peur pour mieux s'en défaire. Elle ne voulait pas trop croire à ce qu'elle disait, alors que ce qu'elle disait était parfaitement raisonnable.

« En vérité, il ne s'agit pas de certitudes, j'insiste, mais…, bredouilla Charles.

– Le doute me suffit. Il devrait te suffire, à toi aussi. »

Il n'avait plus rien à lui objecter, même s'il ne lui avait parlé que des soupçons de la police, même s'il ne lui avait pas dit dans le détail que Jean Lefaur souffrait de pulsions violentes, irraisonnées, qu'il était un mythomane, un schizophrène en proie à des bouffées de persécutions paranoïdes sans doute, qu'il n'était plus traité depuis des semaines par des neuroleptiques antidélirants, que tout pouvait arriver avec lui, que tout était sans doute déjà arrivé, boulevard Henri-IV, sous les yeux de Toma en particulier, que la police s'en persuadait, en tout cas…

« Remarque, si tu veux dormir avec moi au quatrième, d'accord !, lui lança-t-elle par défi.

– Il n'en est pas question.

– Tu vois, tu as peur, toi aussi, tu n'es pas rassuré, et moi j'ai besoin d'être rassurée.

– Et je te rassure ?

– Je suis rassurée par quelqu'un qui pourrait me parler de Chesterton une partie de la nuit.

– Toute la nuit, si tu veux !

– Alors, attends-moi, le temps de… »

Il ne comprit pas la fin de ses propos mais entendit la porte palière qui claquait.

Il débarrassa la table, fourra assiettes et couverts au lave-vaisselle, le reste du poulet et des tartes au réfrigérateur, puis il revint au salon.

Cette nuit, que se passerait-il cette nuit ?

Au fond, la question n'avait pas tant d'importance. Cette nuit ne compterait pas. Elle ne marquerait pas Dorothy d'une façon ou d'une autre. C'est lui qui serait en danger.

Il rapporta aussi à la cuisine la bouteille de champagne et les deux flûtes restées sur la table basse.

Mais les autres nuits, mais la routine, le risque de routine, si Dorothy s'installait près de lui ?

« Près d'une femme, j'éprouve tout de suite ce plaisir un peu mélancolique qu'on a sur un pont à regarder l'eau couler… »

Il devait rester sur le pont. Il n'avait plus l'âge d'enjamber le parapet et de plonger. Il avait l'âge de se noyer ou plutôt l'âge où il est ridicule et inconvenant de se noyer. Dorothy, de son côté, n'avait pas vocation à rester sur le pont. Elle était jeune, sportive, elle était à l'âge du rafting, du trekking, du jogging, et elle était la fiancée de son neveu.

Charles hésita. Il y pensait depuis déjà plusieurs jours. Il finit par se décider. Il n'avait plus le choix.

Il avança la main vers l'appareil et appela Marc.

Son répondeur était branché.

« Marc, Charles au téléphone. Je crois que tu devrais revenir très vite à Paris. Dorothy est perturbée, malheureuse. Je t'expliquerai. Elle ne l'avouera sans doute pas, mais tu lui manques. Ne mentionne surtout pas mon appel devant elle, tu connais son indépendance, sa susceptibilité, mais fais-moi confiance, et si tu tiens à elle, prends l'Eurostar et rapplique ! À bientôt. »

Il se dirigea ensuite vers la fenêtre et ouvrit les deux battants. Peu de voitures circulaient rive droite sur la voie sur berge. À croire que les automobilistes réduisaient leurs déplacements par crainte d'une pénurie d'essence. Il se pencha par-dessus l'appui de la fenêtre. Personne sur le trottoir. Il n'aperçut non plus aucun policier en charge de surveiller l'immeuble. Des agents somnolaient-ils au volant d'une des voitures garées en dessous de lui ? Il regarda à droite et à gauche. Elles semblaient vides. Il est vrai qu'il n'était pas bien placé pour distinguer quoi que ce fût.

Ce quai de Bourbon si rectiligne, si désert ! Et jusqu'à cette petite statue, au buste tronçonné, d'une femme ou d'un ange en tunique, au coin du premier étage de l'immeuble faisant l'angle avec la rue Le Regrattier ! Mutilée ainsi depuis quand ? La Révolution ? Sous la plaque « Rue Le Regrattier », on discernait encore, gravée dans la pierre de l'immeuble, l'inscription « Rue de la Femme-sans-teste ». S'agissait-il plutôt d'une sainte ? Ou peut-être de la Vierge ? Il ne s'était jamais posé la question. Reste qu'on lui avait bel et bien coupé la tête. Cette manie d'égorger les gens – ou les statues !

Il faisait un temps de crime. Un temps pour Simenon, avec la Seine d'un noir d'encre, zébrée seulement des lumières de la ville, silencieuse, à charrier des cadavres ! Tiens, il relirait vite d'autres Maigret pour repérer au moins ce Rendez-vous des mariniers qui obsédait Pierre Murr.

Pour l'heure, il n'avait pas le cœur à relire quoi que ce soit et il referma la fenêtre.

Qu'est-ce que Dorothy fichait ?

Il retourna dans l'entrée, ouvrit la porte de son appartement. Pas un bruit dans l'immeuble. La minuterie de l'escalier s'était éteinte. D'une voix retenue, il appela :

« Dorothy, Dorothy ! »

Personne ne répondit. Personne non plus ne pouvait l'entendre. Il sortit sur le palier et laissa derrière lui sa porte entrouverte. Il ralluma la minuterie et grimpa à l'étage supérieur.

« Dorothy ? Tout va bien ? »

La porte à côté de lui s'ouvrit. Il sursauta. La silhouette de Madeleine Lemonnier en robe de chambre lui apparut.

« Monsieur Ballanche, vous avez besoin de quelque chose ?

– Mais non, je vous remercie.

– Je vous ai entendu appeler. Tout va bien ?

– Tout va bien, oui. C'est que… »

Du doigt, il indiqua le dernier étage et Madeleine Lemonnier se méprit en croyant qu'il faisait allusion à Toma.

« Toma m'a raconté : la police, la photo qu'on lui a montrée.

– Je suis au courant de tout ça, chère voisine…

– Alors vous m'expliquerez. Moi, je…

– Pardonnez-moi, demain si vous voulez, mais maintenant je dois, je… »

Il monta encore d'un étage.

La minuterie s'éteignit.

Madeleine Lemonnier referma sa porte, un peu frustrée, résignée à attendre le lendemain.

Et puis la minuterie se ralluma alors que Charles n'avait pas appuyé sur le bouton.

Il se pencha au-dessus de la rampe d'escalier. Qui pouvait entrer dans l'immeuble à cette heure ? Il n'avait pas entendu le battement sourd, profond, de la porte cochère qui se refermait. L'inconnu aurait-il retenu la porte pour en atténuer le bruit ?

Charles se sentit gagné par l'angoisse. N'importe qui pourrait se glisser chez lui. Dorothy était là-haut, dans sa chambre. Seule ? Devait-il grimper à sa rencontre ? Ou refermer d'abord chez lui ?

Il resta un moment sur le palier du troisième, incapable d'un mouvement, d'une décision. Son cœur cognait dans sa poitrine.

Enfin, une porte claqua au-dessus. Il entendit le cliquetis d'une serrure qui se ferme.

« Dorothy ? »

Et la voix lui parvint, égale, ruisselante pour lui de quiétude, de confort.

« Oui, j'arrive ! »

Pourquoi n'avait-il pas pensé que c'était Dorothy qui avait appuyé sur le bouton de la minuterie dans le couloir du quatrième, ce qui était pourtant l'évidence même ?

Il se sentit piteux, lamentable dans ses accès d'angoisse et de paralysie, stupide par-dessus tout.

Il grimpa les marches à sa rencontre.

« T'as l'air tout drôle, Charlie.

– Mais non, je... Si je pouvais t'aider... Donne-moi ton sac ! »

D'autorité il s'empara du sac cylindrique de toile kaki, pas même zippé, où elle avait fourré sa trousse de toilette, son pyjama en pilou qu'il reconnut, un sèche-cheveux et d'autres affaires, il ne savait quoi.

Ils rentrèrent dans l'appartement.

« Tu es sûr que tu te sens bien ? » s'inquiéta-t-elle encore.

Il était sûr de ne pas se sentir bien, mais il ne voulait pas le lui dire.

Il s'affala sur le canapé.

« Tu as sommeil, Charlie ?

– Non.

– Ne t'occupe pas de moi, tu sais. Dors tout de suite, si tu veux ! J'ai pris un bouquin.

– Quoi ?

– Un truc rasoir, professionnel, sur l'édition, les techniques de marketing et d'informatique, qu'une fille de Plon m'a passé, qu'elle avait dû lire pour son master sur les métiers du livre.

– Et ça ne t'intéresse pas ?

– Pas vraiment. Je ne sais pas si je suis faite pour l'édition.

– Tu t'ennuies chez Plon ?

– L'édition, c'est… c'est trop artisanal.

– Artisanal, tu dis ?

– Oui.

– C'est un défaut ?

– L'avenir n'est pas là. Pas sous cette forme.

– Il y a ou il y aura bientôt les *e-books*, non ?

– C'est vrai » reconnut-elle.

Elle ouvrit la porte de la chambre de Charles, balança son sac sur la moquette et revint dans le salon pour farfouiller dans l'armoire où Charles entassait ses DVD.

« Tu veux qu'on regarde un film ?

– Pourquoi pas ? lui dit-il.

– Une comédie ?

– Choisis !

– *My Fair Lady*, ça te va ? Je ne l'ai jamais vu.

– Tu me l'as déjà dit. »

Il se leva et prit le DVD que Dorothy lui tendit. Il alluma la télé et le lecteur, y glissa le DVD et revint s'asseoir sur le canapé.

Dorothy se blottit contre lui comme si elle retrouvait ses habitudes.

« La seule faiblesse du film, lui dit-il au moment de la séquence des courses à Ascot, c'est Rex Harrison. Il est trop vieux pour le rôle. Son talent n'est pas en cause, mais la crédibilité du personnage y perd.

– Pas du tout ! Il est très sexy, Rex Harrison. Tu ne connais rien aux femmes si tu crois qu'une fille comme Audrey Hepburn ne peut pas tomber amoureuse…

– … d'un homme de l'âge de son père ?

– Arrête, Charlie, tu es idiot. »

Elle se recroquevilla encore plus étroitement contre lui – cette grande bringue de fille qui arrivait à se faire toute petite et presque à ronronner d'aise sous sa protection.

À la séquence du grand bal à l'ambassade, où l'héroïne accomplit sa mue, a définitivement perdu son accent de petite sauvageonne qui vendait des fleurs devant Covent Garden et éblouit désormais les diplomates et l'aristocratie londonienne par sa beauté et sa distinction, Dorothy dormait contre son épaule. Il n'osa pas la réveiller.

Il baissa le son.

DIMANCHE 24 OCTOBRE 2010

Il était dix heures et demie quand Charles entendit sonner à sa porte. Il ouvrit. C'était Marc.

Il le pria d'entrer.

« Tu as eu mon message ? »

La question était idiote, qui masquait ou révélait son embarras, mais Marc n'y prêta aucune attention.

« Dorothy n'est pas chez elle.

– Je sais, lui dit Charles.

– Elle est partie ?

– Non, elle dort là. »

D'un geste du bras, Charles lui désigna sa chambre.

Quand il s'était levé vers sept heures sans faire de bruit, Dorothy, la tête enfoncée dans l'oreiller, les poings fermés près du visage, dormait encore comme dorment les enfants, obstinément, rageusement, de l'air de dire : ne touche pas mon sommeil, il m'appartient, laisse-moi tranquille ! Et Charles l'avait laissée tranquille, il était passé sur la pointe des pieds dans la salle de bains et Dorothy n'avait pas bronché, peut-être avait-elle grommelé, il n'en était même pas sûr, il ne s'était pas retourné, mais elle avait dû repiquer du nez dans l'oreiller, et, depuis, il n'avait entendu aucun bruit qui pouvait laisser croire qu'elle s'était réveillée.

« Mais qu'est-ce qu'elle fout chez toi ? lui demanda Marc sans avoir l'air de s'étonner outre mesure de la présence de Dorothy dans cette chambre, de s'en offusquer ou d'imaginer quoi que ce soit.

– Elle a un peu trop bu hier soir et toutes ces émotions… Je l'ai laissée dormir. Tu comprends ?

– Pas du tout. »

Marc déposa son sac sur le tapis de l'entrée.

Il n'avait pas l'air très réveillé, lui non plus, pas rasé comme d'habitude, les traits tirés.

« J'ai pris le premier Eurostar, dit-il à Charles.

– Tu as bien fait.

– Et je t'écoute. »

Charles l'entraîna au salon.

Marc se vautra sur l'un des fauteuils, jeta un coup d'œil distrait à la pochette du DVD de *My Fair Lady*.

« C'est une assez longue histoire, comme on dit, plaisanta Charles.

– Vas-y ! »

Et Charles lui expliqua la première visite de ce Jean Lefaur, son comportement, l'inconnu égorgé boulevard Henri-IV, les soupçons d'homicide qui pesaient sur Lefaur, les menaces qu'avait subies Dorothy la veille au matin chez elle, sa peur, son refus de dormir seule tout en haut.

« Quand tu loges des amis ou des membres de la famille dans ta chambre de bonne, tu leur ménages toujours un tueur fou pour pimenter leur séjour ? lui demanda Marc.

– La police surveille l'immeuble.

– Je n'ai rien remarqué en arrivant.

– Toi non plus ?

– Pourquoi, moi non plus ?

– En rentrant, hier soir, Dorothy a eu l'impression qu'il n'y avait personne en faction près de l'immeuble.

– Et toi, tu as vérifié ?

– Non. »

Marc haussa les épaules avec dédain, sans insister.

Charles, gêné, voulut reprendre l'initiative. Il retrouva sur son bureau la carte du policier de la brigade criminelle et appela son numéro de portable.

« Un instant », dit-il à Marc.

Puis, à son correspondant :

« Charles Ballanche à l'appareil... Oui... Dites-moi, il y a toujours un agent qui surveille... ? »

Marc voulait afficher son sang-froid. Il prit la pochette du DVD avec une forme de curiosité mêlée de mépris. Les bribes de la conversation de

Charles lui parvenaient. Il faisait mine de n'y attacher qu'une attention distraite.

« … Vous auriez pu tout de même… Oui, je comprends… Mais ce matin… Attendez, je prends note… Oui, allez-y ! »

Marc reposa la pochette du DVD et vit Charles qui notait des renseignements sur un carnet.

« Comptez sur moi ! »

Il reposa l'appareil.

« Ce n'est pas *My Fair Lady* que tu devrais conseiller à tes hôtes, c'est *Psychose*, histoire de les mettre dans l'ambiance. »

Charles ne releva pas.

« Tu avais raison, dit-il à Marc, il n'y a plus de policiers quai de Bourbon.

– Tu vois !

– La police a arrêté Jean Lefaur à son hôtel ou à son ancien hôtel de la rue du Roi-de-Sicile.

– On aurait pu te prévenir et prévenir Dorothy, non ? Ça lui aurait évité de… »

Marc se contenta de faire un vague signe vers la chambre.

« L'homme a été arrêté vers trois heures du matin. Voilà pourquoi… »

Et Charles ajouta pensivement :

« Qu'est-ce qu'il allait faire dans cet hôtel qu'il avait quitté quelques jours plus tôt sans payer sa note ? Il devait se douter que l'hôtelier préviendrait la police. Oui, il le savait, c'est évident. Le type au téléphone m'a dit qu'il s'est laissé faire sans violence, presque heureux d'être repris en charge, d'être rassuré. C'est peut-être cela qu'il cherchait, au fond. Il en avait assez. Tu ne crois pas ? »

Il ne s'adressait pas à son neveu. C'est lui-même qu'il interrogeait.

Marc haussa les épaules avec cet égoïsme superbe de la jeunesse.

« C'est toi qui regardes ça ? lui demanda-t-il en faisant glisser d'une pichenette la pochette du DVD vers son oncle.

– Oui.

– Ce n'est pas devenu ridicule d'ennui, ce vieux truc avec sa musique sirupeuse ?

– Pas du tout, mais tu poseras la question à Dorothy.

– Ah bon ! Elle aussi. »

Pour la première fois, Marc sembla soupçonner une complicité entre elle et Charles, mais il n'insista pas.

« Tu devrais aller la réveiller », lui dit Charles.

Marc regarda sa montre.

« Oui, il serait temps.

– Tu lui donneras ça… »

Charles tendit à Marc le feuillet sur lequel il venait de prendre des notes et qu'il avait arraché de son carnet.

« … pour qu'elle passe demain à la police, signe sa déposition et identifie le bonhomme avant qu'on l'interne à nouveau. C'est un malade. Un schizophrène paranoïde en proie à des accès de délire, un pauvre type au fond. Je ne m'étais pas rendu compte au début de la gravité de son état. J'ai eu tort. Il faudra que Dorothy se déplace. »

Charles se dirigea vers l'entrée.

« Je te laisse, dit-il à Marc.

– Où vas-tu ?

– À la messe de onze heures. »

Marc le regarda avec perplexité.

« Ah ! Je ne savais pas que… »

Il se leva à son tour.

Avec ses jeans délavés, son blouson de cuir brun sur une chemise de velours beige qui n'avait pas l'air très fraîche, son expression un peu butée qu'accentuait son visage pas rasé, exempt de toute lueur d'esprit ou d'inattendu, Marc lui donna plus que jamais l'impression d'un parfait étranger. Il se demanda ce que Dorothy lui trouvait.

Sans insister, Marc se dirigea à pas lents vers la chambre.

Il l'ouvrit sans frapper.

Charles était déjà dans l'entrée.

Il crut entendre la voix embrumée de Dorothy qui disait.

« Mais… mais qu'est-ce que tu fous là, toi ? »

Et la voix de Marc, plus distincte :

« Et toi ? »

Charles quitta l'appartement.

Il fuyait.

Il n'avait sans doute jamais fait que cela dans la vie : fuir. Il n'en était pas trop fier. Bien sûr, la fuite est une forme de sagesse, de chagrin aussi, mais corrompue par tant de facilité, tant de lâcheté !

Charles fuyait Dorothy qu'il venait de confier à son neveu comme il avait fui Jean Lefaur qu'il avait contribué à confier à la police, à la médecine, à l'enfermement.

Charles fuyait comme fuient les médiocres, ceux qui auront toujours peur de vivre, de braver les dangers, les passions, la folie. Il laissait derrière lui Dorothy qui n'était pas médiocre parce qu'elle affrontait ses colères, ses curiosités et ses désirs, qu'elle les prenait à bras-le-corps. Il laissait derrière lui Jean Lefaur dont il avait méconnu la grandeur dans la déraison, la violence, le pathétique, l'obstination à vouloir corriger le monde, le plier à ses mensonges ou à ses illusions.

Ils étaient des personnages ou plutôt des personnalités, ils allaient au bout d'eux-mêmes, et lui, il n'allait au bout de rien.

Il fuyait.

Du quai de Bourbon il entendit les cloches de l'église Saint-Louis qui sonnaient.

Elles appelaient les fidèles à l'office. Elles appelaient comme chaque dimanche à l'office. Elles attiraient l'attention des fidèles et des infidèles, des croyants et des incroyants, de ceux qui doutaient et de ceux qui ne savaient pas. Elles étaient la tradition de l'Église, et leur carillon tombait du haut du clocher de pierre ajouré qui dominait la rue Saint-Louis, passait par-dessus les toits, se glissait dans les rues adjacentes et imprégnait l'île tout entière.

Les cloches continuaient de sonner, elles n'étaient précieuses que pour ceux qui étaient disposés à les entendre, à s'en réconforter, elles étaient la tranquillité de l'île, la promesse d'une miséricorde, d'une paix de l'âme, d'une paix retrouvée.

Table

DU MÊME AUTEUR

Louis-Ferdinand Céline, misère et parole
Gallimard, 1973
et « Folio Essais » n° 111

Cartes postales
Gallimard, 1973
et « Folio » n° 2539

Les Cercles de l'orage
Grasset, 1976

Bébert, le chat de Louis-Ferdinand Céline
Grasset, 1976
et « Cahiers rouges » n° 194

Yedda jusqu'à la fin
Grasset, 1978
et « Le Livre de poche » n° 3844

Mes îles Saint-Louis
Le Chêne-Hachette, 1981

Fin de saison au palazzo Pedrotti
Seuil, « Fiction & Cie », 1983
et « Points Roman » n° R170

La Nartelle
Seuil, « Fiction & Cie », 1985

Gioacchino Rossini
Seuil, 1986

Céline
Belfond, « Les Dossiers », 1987

Riviera
Seuil, « Fiction & Cie », 1987

La Vie de Céline
Prix Goncourt de la biographie
Grasset, 1988
et « Folio » n° 4141

L'Art de vivre à Venise
(photographies de Jérôme Darblay)
Flammarion, 1990

Sérénissime
Prix Valery-Larbaud, Seuil, « Fiction & Cie », 1990
et « Points Roman » n° R545

Il me semble désormais que Roger est en Italie
Actes Sud, 1991
et « Babel » n° 335

Charles et Camille
Grand Prix du Roman de la Ville de Paris
Seuil, « Fiction & Cie », 1992
et « Points Roman » n° R667

Un amour de chat
Seuil, « Points Roman » n° R623, 1993

Paris vu du Louvre
(photographies d'Albert Wolf)
Adam Biro, 1993

La Comédie de Terracina
Grand Prix du Roman de l'Académie française
Seuil, 1994
et « Points » n° P209

Deux Femmes
Seuil, 1997
et « Points » n° P517

Esther et le Diplomate
Seuil, 1998
et « Points » n° P713

L'Ami de mon père
Seuil, 2000
et « Points » n° P956

Des Dahlias rouge et mauve
Seuil, 2003
et « Points » n° 1163

Discours de réception à l'Académie française
et réponse de Michel Déon
Seuil, 2004

Villa Sémiramis
Seuil, 2004

Le Roman de Figaro
Fayard, 2005

Un film avec elle
Fayard, 2006
et « Le Livre de poche » n° 31011

Les Chats du Louvre,
avec Élisabeth Foucart-Walter
Flammarion, 2007

Clarisse
Fayard, 2008
et « Le Livre de poche » n° 31220

Dictionnaire amoureux des chats
Plon - Fayard, 2008

Céline, l'homme en colère
Écriture, 2009

Grand Hôtel Nelson
Fayard, 2010
et « Le Livre de poche »

Photocomposition Nord Compo
Villeneuve-d'Ascq

Cet ouvrage a été achevé d'imprimer sur Roto-Page
par l'Imprimerie Floch à Mayenne en décembre 2011.
Dépôt légal : janvier 2012. N° d'impression : 81154.
36-33-3099-3/01
Imprimé en France